「其、其實我正好有這樣的東西……
若是不嫌棄的話請用……！」
軟綿綿的東西輕柔地
包覆住艾因的脖子。
克莉絲
擔任近衛騎士團副團長
的年輕精靈。
於王儲的生日宴會。
魔石傳記 2
獲得魔物力量的我是最強的！
maseki gurume
mamono no chikara wo tabeta ore ha saikyou!

「艾因！為了伊修塔利迦，只能讓克莉絲去處理，別無他法了……！」
「克莉絲會死的……」
奧莉薇亞
艾因的母親，伊修塔利迦王國二公主。
海龍出現在港都瑪格納近海。
艾因接到克莉絲被派去討伐海龍的消息——

我什麼都做不到嗎？明明她，明明克莉絲遇到危險，
難道我只能待在王城裡嗎？艾因不禁自問。
（縱使接受一切就是王族的職責……
我也……！）
「——我現在要前往瑪格納，
為阻止海龍而戰！」
艾因
伊修塔利迦王國王儲，擁有轉生特典技能【毒素分解EX】。

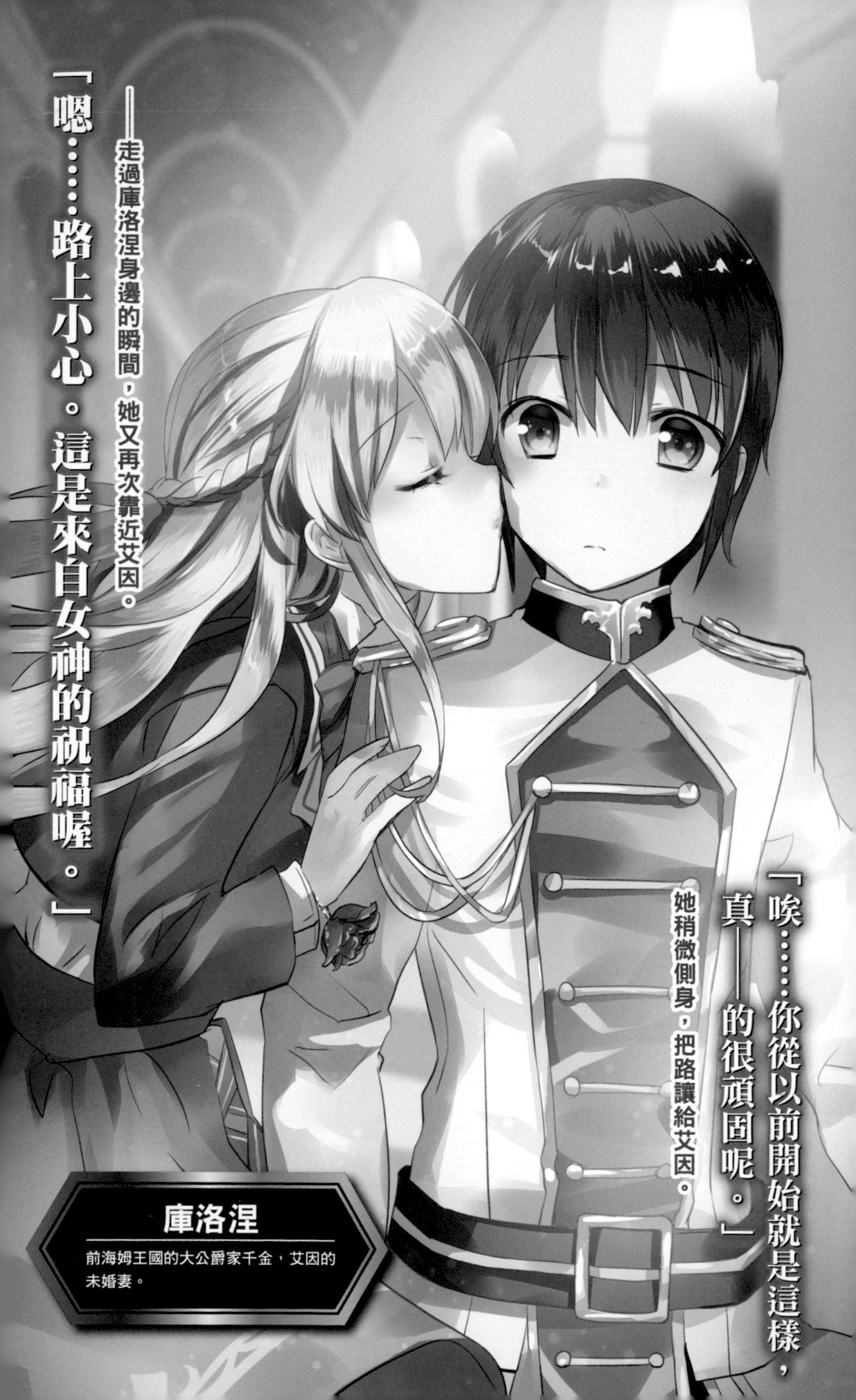
「唉……你從以前開始就是這樣，真──的很頑固呢。」
她稍微側身，把路讓給艾因。
──走過庫洛涅身邊的瞬間，她又再次靠近艾因。
「嗯……路上小心。這是來自女神的祝福喔。」
庫洛涅
前海姆王國的大公爵家千金，艾因的未婚妻。

魔石傳記

獲得魔物力量的我是最強的！

結城涼

插畫 成瀬ちさと

2

maseki gurume
mamono no chikara wo tabeta ore ha **saikyou!**

Kadokawa Fantastic Novels

contents

maseki gurume
mamono no chikara wo tabeta ore ha **saikyou!**

序章

冬天結束，五彩繽紛的花朵遍地綻放的春天來臨——

事情發生在艾因習慣了王儲生活，一年前的諸多事情——庫洛涅來到伊修塔利迦，自己在宴會上盛大發表演說——都已漸漸變成美好回憶的某日。

「所以妳要說什麼？」

艾因一大早就來到地下研究室。

他詢問大刺刺地坐在沙發上的凱蒂瑪。

「要說的——就是關於這顆詛咒魔石喵。」

詛咒魔石就擺在從瑪瓊利卡的店購入的玻璃櫃中。

那和杜拉罕一樣屬於古代的物品，其中蘊含的魔力也不遜色於前者——

「關於它的真面目也很模糊喵……所以我想，你乾脆吸收一點試試看喵。」

不過，就算毒素對他沒用，那麼詛咒又如何呢？他心中仍有疑問。

「一點點的話一定沒問題的喵……我們先把它從玻璃櫃裡拿出來看看喵。」

雖然艾因對於凱蒂瑪過人的膽量感到有些退縮，不過他心想若是只吸一點應該無傷大雅，於是點頭同意。

接著，他的視線自凱蒂瑪的手移開，定睛望著暴露在空氣中的魔石。

『……』

艾因不經意地聽見宛如女性呼氣的聲音。

（剛剛好像……不，是錯覺吧。）

艾因的視線無法自魔石身上移開。在他思索原因之前，自己的指尖瞬間朝著魔石動了起來。

「我好像開始莫名在意起這顆魔石了？」

「……才剛拿出來就立刻被詛咒，你是什麼人喵？」

「我才沒有被詛咒，也只是個普通的小男生。」

種族是樹妖混血，並且多虧了轉生特典，我能夠食用魔石。

普通的小男生，這種話換作是別人肯定死也不說，但是艾因卻如此堅稱。

「……普不普通我就先不管喵……那麼你也差不多該拿起來試試看喵。」

凱蒂瑪的肉球指向詛咒魔石。

「如果魔石很危險的話，我就會對這個房間施加封印喵。之後再破壞魔石進行處理喵。」

縱使如此，好像也不應該拿起來……不過艾因心中的好奇心勝過了警覺。

「我就稍微吸一點試試吧。」

他試著拿了起來，沒有特別發生什麼奇怪的事。然而艾因這麼想的瞬間，並非先前那個只有艾因聽得見的聲音迴盪在房間中——

『——找到了……！』

「喵嗚？喵喵喵喵——那是什喵？剛剛的聲音是？快放回去喵！快放進玻璃櫃裡喵！」

就在他準備遵從指示的剎那間，艾因的身體產生了異變。

「咦……為、為什麼？為什麼幻想之手會——！」

異形之手從他背後顯現，兩隻、三隻、四隻地漸漸增加。

開始暴走的幻想之手衝向了魔石。

「艾因！你別再亂來了，快點放回去喵嗚！」

「不是我！是它們擅自跑出來……！」

艾因拼了命想放手，手臂們的行動卻反過來想讓艾因的身體靠近魔石。他的額頭冒出汗水，奮力地抵抗到甚至全身虛弱地發顫，卻無法違抗。

——接著。

「喵……放回去喵嗚嗚嗚嗚！」

凱蒂瑪的身體從艾因背後壓了上去，將艾因整隻手都壓進玻璃櫃中。

幻想之手的模樣逐漸消失，艾因則是因為過度疲倦而呈現大字形倒在地上。

「凱、凱蒂瑪阿姨……我全身都好重喔……」

「那是當然的喵。畢竟你可是放出了幻想之手喵——呃……艾因！」

凱蒂瑪正想來照顧他，卻在接近艾因時看到他的手臂而吃驚地大叫。艾因的手臂不知不覺間被從來沒見過的黑色護腕包覆著。

「你老實說喵！你才不是只吸一點……而是吸了很多喵？」

「不不不——！別說是一點，我真的覺得自己連一點點都沒有吸到……！」

凱蒂瑪低頭沉思。

——不過，現在與其思考這艱難的問題，應該要優先考量艾因的身體狀況。

「這是治癒鳥的魔石喵。治癒鳥是特別的魔石，對人類無毒，且能使用其力量直接進行治療喵。總之你先吸收，恢復體力喵。」

她掏出來的是顆外觀宛如祖母綠一般的魔石。

艾因將魔石放在手心吸收，一股類似薄荷的清涼竄過他全身。

「不過話說回來，抱歉喵。我真是做了壞事喵。」

「不……畢竟我自己也同意了。」

「……今天的事情只好先保密喵。雖然讓父王知道也一樣，不過若是讓奧莉薇亞知道——我根本想都不敢想喵。」

將艾因看得比自己生命重要的人就是奧莉薇亞。他們簡直可以想像自己被厲聲責罵的景象——兩人互相交換眼神後頷首同意。

◇◇◇

艾因離開地下室，走在走廊上。

透過樹木的縫隙灑落的陽光因風吹搖動，點綴著長廊。正當他望著景色出神，有人出聲向他搭話。

「哎呀殿下，貴安……您看起來似乎不怎麼有精神，好像很疲勞。」

「喔喔！這不是艾因殿下嗎！」

「……啊，瑪瓊利卡先生。羅伊德先生也是，你好。其實那個——」

瑪瓊利卡仍是老樣子，身上穿著吊帶，還用魔石遮住乳頭。

在王城內這種穿著雖讓人起疑，不過瑪瓊利卡是御用商人，因此羅伊德也不會出聲斥責。

另一方面，艾因每次在王城內與他擦肩而過時，都會露出吃驚的表情。

「大概是因為我調查了一下之前購買的，會釋放詛咒的魔石吧？」

「哎呀哎呀，遲遲沒有進展啊。」

瑪瓊利卡扭動著上半身，展現出肌肉線條，不過現在的艾因沒有絲毫餘力吐槽。

——瑪瓊利卡之所以會看起來很習慣與艾因交談，是因為頻繁出入王城的瑪瓊利卡與艾因有許多聊天的機會。

因此，在初次見面時克莉絲的行為舉止讓王儲一事曝光，這件事已絲毫沒有影響。

也因為前些日子艾因在王城中進行的公開亮相演講，現在完全無須拘泥了。

「那麼特別的魔石……我能聯想到的只有裝飾在謁見廳的魔王魔石，以及殿下吸收的杜拉罕魔石而已呢。」

這可是他第一次聽說。看著瞪大雙眼的艾因，瑪瓊利卡繼續說道：

「魔王的魔石和杜拉罕的魔石，它們彼此都會互相吸引喔。兩者若距離相近，魔石就會散發出肉眼可見的魔力，並為了靠近彼此而一點一滴移動。」

「——簡直像是擁有自我意識呢。」

艾因的脖子冒出一絲冷汗。

根本不是「簡直」，這和在凱蒂瑪研究室發生的現象完全符合。

「說它們有自我意識也不誇張。所以魔王的魔石才會被重重封印。」

之後兩顆魔石便被分開，騷動也因此平息。

（怎麼辦……這根本不是有既視感程度的事了。）

「那麼我要回去了，要是發生任何事就麻煩馬上聯絡我吧。」

「我知道了。謝謝你。」

感受到艾因的話中帶著真摯的情感，瑪瓊利卡也露出理解的表情點頭回應。

等到瑪瓊利卡離去後，保持沉默的羅伊德開口：

「瑪瓊利卡閣下剛剛也說過了，嚴禁您勉強自己喔？不然尚未獨當一面的犬子，或許沒有辦法勝任您在學園裡的護衛呢！哈哈哈！」

犬子？學園裡的護衛？

完全沒有頭緒的艾因只得愣愣地望著羅伊德。

「犬子是……什麼意思啊？」

「真是失禮了。其實我的獨生子將會擔任艾因殿下的護衛……話雖如此，也只是限定在學園裡面而已。」

完全是第一次聽說。不過，他有件在意的事。

「為什麼是學園內限定呢？」

「若以元帥的立場發表意見，單純是因為力量不足。雖然犬子在同輩之間擁有突出的實力，但若要問到是否能隨侍您左右，我認為還處於無法點頭的狀態……」

（也就是說……在外面的時候，仍是克莉絲繼續護衛。）

雖然有限定區域，不過言下之意就是艾因有了兩位護衛。

「若您有時間，今天下午我讓犬子向您打聲招呼，不知您意下如何？」

「嗯……反正我現在很閒，可以的話現在也沒關係喔？」

「那真是令人感激。他現在應該在訓練場，還望您勞步前往。」

艾因追上大步向前的羅伊德。

（羅伊德先生的兒子……不知道是什麼樣的人？）

羅伊德這般壯漢與瑪莎那般嬌小的女性。不知道這對夫妻會誕生出什麼樣的孩子。一想到這裡，艾因不禁感到有些期待。

（比如有瑪莎小姐那樣的體格，配上羅伊德先生那樣的臉蛋……之類的？）

接著——就在得不出一個像樣解答的情況下，艾因踏入騎士訓練場。

「所有人，繼續手上的訓練！迪爾把汗擦乾，整理服裝儀容，立即來到殿下面前！」

元帥羅伊德霸氣的聲音響徹訓練場。

騎士們立即重啟訓練。

（還是老樣子很有魄力呢……）

這讓艾因再次體認到他身為元帥的威嚴。

望著他威風凜凜的站姿，艾因不禁希望自己能儘早變得像他一樣。

「他來了。那就是迪爾．古雷沙，是我那身為騎士見習生的獨生子。」

其容貌背叛了艾因的一切想像。

「初次見面，殿下。這次榮獲殿下護衛一職，在下倍感光榮。在下名為迪爾．古雷沙，是這位元帥羅伊德的獨生子。」

他的第一印象是美少年。

迪爾的身姿線條纖細，和肌肉粗獷的羅伊德呈現對比。他的睫毛細長，雙唇緊閉，一頭濃綠色秀髮保養得很好。

只不過與外貌無關，艾因不太擅長與迪爾這樣的人相處。

（唔……嗯……感覺是很死板的人……？）

從他的表情可窺見他認真的性格，並露出不容開玩笑的神情，甚至不禁讓人產生「你這輩子有露出過笑容嗎？」的疑問。

雖然這點並非壞事——

「其實關於迪爾擔任護衛一事，也和艾因殿下的教育稍微有些關係。」

羅伊德深深點頭，表情十分認真。

「也就是所謂關於在上位者的態度……屬下希望您能學習這一點。」

「難怪……雖然我有想過這一天遲早會到來……」

「那真是太好了。因此，以下是陛下要給艾因殿下的話——面對迪爾無需使用敬語，不要在意他的臉色，並在遵守這些規則的前提下，去尊重對方。」

這些是來自他總是稱呼為爺爺並敬仰的對象，作為「陛下」所說的話。

「……我明白了。迪爾，今後請多指教。」

「不，在下才要請殿下多多指教。」

原本作為友好的象徵，艾因伸手想和他握手，不過迪爾卻向他低下頭。

「啊……呃，畢竟你要作為護衛待在我身邊，你可以稱呼我為艾因也沒關係喔？」

「在下不敢。在下不過是一介護衛。」

毫無笑容的迪爾不帶情感地回應。

艾因沉默了。對此，迪爾以機械般的動作鞠躬。

「父親大人——不，元帥閣下，在下現在要去外面跑步。」

「唔，嗯嗯……我知道了。」

（呃……咦咦……）

並非對訓練懷抱滿腔熱血，他的發言只像是機械。

目瞪口呆的艾因視線緊緊追著迪爾離去的背影。

「雖然是自家孩子，不過他可真是死板的男人啊。不知變通，唯有**耿直**的特色最引人注目。」

用耿直形容可真是妙。

迪爾的用字遣詞以及行為舉止十分有禮，那毫無情感起伏的地方更加襯托他的耿直。

「並非好事也不是壞事，他唯有騎士風範不斷在成長。」

「那個……我認為這樣很出色喔？」

「能獲得您的稱讚可真是欣慰。畢竟縱使如此，他也是我自傲的孩子。我也不斷對他加以訓練，只為將他教育成優秀的騎士……」

羅伊德的身影與自己的父親羅卡斯大有不同。

「如果我的父親是羅伊德先生這樣的人就好了」——艾因吞下了這句話。

不過——

「喔喔！這麼說起來，艾因殿下，王妃殿下在詢問殿下是否要喝杯茶呢。」

與在伊修塔利迦獲得的新家人生活，和在勞登哈特的生活相比簡直有天壤之別般充實，十分幸福。
「外婆嗎？我明白了，我去問問瑪莎小姐！」
如果可以，他不禁希望這份幸福能夠持續下去。
於是，他帶著輕盈的腳步前去尋找瑪莎，並前往祖母所在之處。

◇　◇　◇

學園都市內幾乎所有的學園，都將今天定為新生入學的第一天。
在城邊市區能看見許多父母目送孩子們的身影，而這點在王城也一樣。城門內側，在騎士與僕役保持距離的守望下，奧莉薇亞站在艾因身旁開口：
「沒問題嗎？有沒有東西忘了帶？」
奧莉薇亞在艾因出發前這麼詢問著。她梳著和艾因相同的褐髮，肌膚如陶瓷般白皙。她的走路方式和舉手投足一如往常地豔麗，任何人都會著迷的五官浮現沉穩的微笑。
艾因贈送的寶石點綴著她的胸前，魅力四射的肢體被禮服包覆。
對出生方式特殊的艾因來說，奧莉薇亞與其說是母親，感覺更接近姊姊。
「沒問題。我確認過很多次了，而且克莉絲小姐也會陪我一起到學園。」
艾因露出笑容回答。
接著，為了護送艾因，克莉絲走過來開口：
「奧莉薇亞殿下，還有我在，請您放心。」

克莉絲豔麗的秀髮如金絲般晃動著，反射朝陽的光芒。

光是瞇起眼綻放微笑，便能蕩漾超凡脫俗的美貌。

撐起外套的胸脯以及修長的腿，使她給人深刻的印象。

穿著騎士服的克莉絲散發女強人的氣質——不過，這僅限於散發出來的氣場而已。

「……就是因為克莉絲也少根筋，我才會擔心啊。」

「啊，啊嗚……」

克莉絲發出與外貌成反比的無力聲音，再加上縮了縮身體的動作，體現她少根筋的一面。

看著氣勢被削弱的她，艾因與奧莉薇亞不禁失笑。

「可以的話，其實我也想送艾因到學園都市……」

「這——這可不行！若是奧莉薇亞殿下造訪，可想而知會釀成騷動的！」

「是啊，我想也是……」

與艾因不同，奧莉薇亞的長相眾所皆知。

像奧莉薇亞這樣的二公主，若是來到被稱為「學園都市」的學園與人口密集地帶……可以預想會造成大騷動。

「這麼說起來，母親，庫洛涅已經出發了對吧？」

「是啊，禮維女子學園的開學時間比較早。克莉絲？庫洛涅小姐今早從王城出發前往學園都市了，沒錯吧？」

「是的，確實並非從葛拉夫閣下的宅邸出發。」

冬天過後，從海姆至此的葛拉夫自費購入了宅邸。

不過，大概是因為庫洛涅還有沃廉的課程要上，住在王城裡比較方便，所以一週內大部分的日子都在王城度過。

如果能夠一起上學，肯定很有趣吧。

「喔——艾因殿下！差不多到出發的時間了……！」

克莉絲催促的聲音讓艾因臉色一變，接著他一臉遺憾地望著奧莉薇亞。

「母親，時間似乎到了，我就先走了！」

「呵呵，路上小心。」

——最後，奧莉薇亞露出宛如聖母般的笑容目送他離開。而這一切都是離開王城之前的事情。

克莉絲帶著艾因朝著都城最大的車站——白玫瑰車站前進。他們在水上列車上搖晃十幾分鐘後，終於在學園都市的車站下了車。

（終、終於到了……）

無論哪一站都處於早晨尖峰時刻，光是移動到目的地便讓人感到疲憊。

學園都市的景色和城邊市區不同的地方，就在於有好幾座學園，客群以學生為主的店家及各種設施比鄰而居。

「克莉絲小姐，一想到每天都要這樣通勤，我現在就快要被打敗了。」

「……不要緊的，我會確實送您過來，還請您放心。」

克莉絲的臉上浮現美麗的微笑，散發出不容許偷懶的堅定意志。

雖然艾因並沒有想要偷懶，不過由於受到她這樣叮囑，笑容便不自覺地抽搐了幾下。

不過——

「等到了學園後就很輕鬆了喔？」

從她的話語中，他看到了一絲微小的希望。

「這間學園在多方面都擁有豐富資源，這一點沒有其他學校能比擬。」

雖然自由本身附帶許多責任，不過這些事情打從他成為王儲的時候早已心知肚明，事到如今也無須多談。

想著總會有辦法的艾因點了點頭，和克莉絲並肩走了幾分鐘——

「——殿下，恭候多時。」

迪爾帶著冷淡的表情站在學園正門前。

他維持看不出情感的表情，深深地低下頭。

「克莉絲汀娜大人，接下來就由在下接任護衛任務。」

「嗯，請你拼上性命保護艾因殿下吧。」

「是！」

艾因一臉事不關己地望著他們。就他的角度來看，他們兩人的對談實在死板。

「那麼，艾因殿下，我就回王城了。等您要回去的時候我會再來接您，您絕對不要妄想和迪爾單獨兩人回去喔？」

她彎下腰讓視線靠近艾因，並伸出食指這麼說道。

簡直像在對小孩說「不可以！」一樣，這讓艾因不禁苦笑。

「雖然妳表現得很像大姊姊，不過妳的頭髮上沾了片葉子喔？」

「——！我、我已經轉告您了喔！剛剛說的話沃廉大人也有特別叮囑過！」

她以迅雷不及掩耳的速度拂去落葉。

（呃，奇怪？我完全沒信用嗎？）

「請……請您不要露出那種表情……！那、那個……我可是相信您的喔？只是……畢竟您平時和凱蒂瑪殿下的相處模式——」

自己的想法竟然都表現在了臉上，這一點也讓艾因感到有些悲傷。

艾因微弱地嘆了口氣，默默在心裡決定要學習撲克臉。

「總、總而言之！下午我會再來接您的，請您在學園等候！」

於是兩人道了別，迪爾取而代之地站在艾因身旁。

「那麼殿下，我們走吧。在下帶您去教室。」

「嗯，了解。」

綠意盎然的校舍周邊座落著幾棟建築物。有艾因應試時使用的訓練場，以及有著好幾個尖塔造型，宛如神殿一般的建築物。

深處有一座小湖和草地，一旁的露天咖啡座十分引人注目。

「迪爾，這裡好像沒有類似開學典禮的活動？」

「確實沒有，因此下午在下會導覽您認識學園內部。」

「我知道了，那麼我會在教室等你，就麻煩你了。」

這座學園不存在開學典禮。

一邊感受著自己的興奮，艾因在他的指引下踏入了校舍。

◇ ◇ ◇

格外醒目的巨大建築。艾因踏入宛如小小城堡的校舍，在看到迪爾導覽的目的地時，因為受到新的衝擊而不禁瞪大雙眼。

「殿下的教室在這裡。」

他們抵達的地點，有扇看起來大約四公尺長的厚重且巨大的門扉靜靜地佇立在那裡。

至今為止他們經過了四間教室，然而這扇門和前面任何一間教室的格調都有巨大的不同。是不是只有這間教室選錯門了？艾因不禁胡思亂想。

「我覺得差距好像有點大……這是正常的嗎？」

「王立君領學園，一個學年有五個班級——分班以成績為基準，一年更換一次班級。其中，較高等級的班級擁有各設施的優先使用權。就某方面來說，門也算是等級差距的一環。」

實力主義。因此，這是符合這座學園**作風**的現象。

（不愧是國王——爺爺在經營的學園，真是嚴苛。）

對學生不平等的現象，若換作是其他學園，恐怕會被視為問題吧。

之所以能獲得諒解，是因為這座學園是培育為國家效力的人才……伊修塔利迦的最高學府。

「學生數量分別為：五班（Fifth）、四班（Fourth）各二十五名。三班（Third）、二班（Second）各二十名。而艾因殿下隸屬的一班（First）則有十名學生。」

「雖然我有聽說過學生數量很少，沒想到這麼少啊。」

「您說得沒錯。那麼，稍後在下會前來迎接您。」

迪爾仍然以死板的表情說道，接著深深低下頭後離去。

（不過，只有十個人啊……要是沒有感覺能當好朋友的人，我大概會很絕望。）

雖然有自信能和大部分的人建立起朋友關係，但是艾因終究是人。

能不能情投意合這一點，他無法左右。

「門……要怎麼開來著？」

巨大的門扉沒有門把，他不知道該把手放在哪裡開門才好。

不過，當艾因呆呆地走近門扉一步，門中央的地面便散發出蒼白色的光輝，接著兩邊的門板一邊發出木頭摩擦的聲響一邊打開了。

（咦咦……明明只是學園，卻有這樣的機關？）

對門的敞開方式感到震驚的同時，艾因悄悄瞄了瞄教室內部。

（教室裡面也太寬敞又豪華了……）

一眼就能看出桌子和椅子是高級品，就連講桌都是有雕刻裝飾的吸睛物品。桌子只有一張，設計成宛若圍繞著講台般的半圓形。

面對這麼寬敞的空間，這種使用方式不會太奢侈了嗎？這使艾因產生想詢問辛魯瓦德的想法。

（我該坐哪裡才好啊？）

此時已經有五名學生落座。

他不想坐在空出來的中央座位，於是煩惱許久便選擇了右邊角落的座位。

雖然在他落座之前有幾人瞥了他一眼，卻沒有人過來搭話。

——時間流逝，過了十幾分鐘後座位便被坐滿。

「早安。看來大家都到齊，真是太好了。畢竟如果第一天就有人缺席，會讓人覺得有點不吉利。」

響起了感覺像是班導師的男性聲音，對方打開了門踏入教室。

「其實我本來不是班導師……不過因為有位教職員辭職，便由我擔任各位的班導師。」

他穿著質料看來相當高級的西裝褲，上半身則是白襯衫搭配黑色背心。

他一手拿著白衣走進教室，帶給艾因充滿知性的印象。

「這個班級十分特別，正因為如此，我對班級的要求不會很多。還有，也不需要你們做自我介紹。若你們有需要的話，我推薦你們私下自我介紹。希望你們記住，我對你們的要求僅僅只有品質這點。好了，以上就是我要說的話，要解散也沒問題了。」

這明明是第一天初次見面，班導要說的話卻已經沒了？

對於這過短的招呼，艾因不禁感到目瞪口呆。此時，班導像是想起了什麼般發出「喔！」的一聲。

「不對，還有些事要告訴你們。半年一次的考試請一定要參加，如果有不得不缺席的理由，可以來找我商量。然後，只要拿得出結果就不需要參加課程。」

只要考試拿得出結果就不用來上學，隨你們自由無妨。

對今年八歲的學生們要求過高的自主性，也是這間學校才有的特色。

「有需要的話，請多多運用找教職員商量或提問的制度……自我介紹晚了，我叫路克，主要負責的科目是魔工學，接下來有段時間將會擔任你們的班導師。那麼我的話到此結束。」

就在他以為即將開始一位位同學的自我介紹，並說明學園相關事務時，便出現了這樣的說明。

艾因雖然感到困惑，不過總之，他已經十分理解要拿出成果這項宗旨了。

「啊哈哈……剛剛的招呼真是驚人呢！」
其中，坐在隔壁的男生向艾因搭話。
一眼就能看出他是異人。恐怕是狼人（Werewolf）吧。不過，看似年幼的外貌和親切和藹的態度惹人憐愛。
他的獸耳豎起，尾巴開心地搖擺著。
「我的名字是羅蘭，應考科目是魔工學。你呢？」
「我選的是劍術，錄取後就來到了這個班級——」
接著艾因原本要報上名字，不過卻因為羅蘭的態度而閉上了嘴。
「那麼……你就是掀起話題的那個男生啊！」
一聽到「掀起話題」四個字，預料之中的艾因不禁抱頭懊惱。
他恐怕是指讓考官受傷的事情吧。
「話題該不會是……因為我打倒了考官？」
「對對對！而且劍術的考官以前好像作為冒險家很活躍，是相當有名的人。」
在周遭的學生零零散散做著自我介紹時，羅蘭興奮地高談闊論。
——咦？他就是傳聞的……？
——哦？就是那個人啊。
聽到這些聲音，艾因害臊地搔了搔頭，壓低音量回答：
「我只是敗給他的挑釁，不禁發了脾氣罷了……被笑也沒辦法啊。」

對於這件事情，艾因認為自己搞砸的成分居多。他才剛入學，不希望被當作一生起氣就會化身危險人物的人啊……他有些擔心。

簡直像是來幫助這樣的艾因，教室的門突然打開，迪爾踏了進來。

「我是六年級的迪爾，打擾了。」

明明不久前才剛分開，他怎麼已經過來了？教室裡掀起一小陣騷動，艾因則感到疑惑。

騷動的原因不只是因為他是最高年級的學生，大概也因為作為元帥羅伊德的孩子，他相當有名吧。

「為什麼元帥閣下的子嗣會……——喔！話說回來，你的名字是——」

晚自我介紹也該有個限度。

只是因為剛剛錯失機會罷了。艾因在心中找藉口，並乾咳一聲回答：

「抱歉抱歉。那個……我的名字是——」

雖然自我介紹還差幾秒就結束了，不過迪爾卻搶先抵達。

「殿下，在下忘記一年級是自由授課制。在下提議現在開始進行導覽。」

「……就是這樣，我是艾因，請多指教。」

艾因開口並對著眨了幾下眼的羅蘭這麼說。

羅蘭的視線在艾因和迪爾之間反覆流轉，一張嘴不斷開合，面露詫異。

「抱歉，羅蘭，我現在要麻煩他幫我導覽學園……對了，不嫌棄的話要一起來嗎？」

「啊、啊啊……不，抱歉，我沒關係。我等等還有文件要交給教授……啊，我忘記帶筆來了。」

「那你用這個吧，下次再還我就好。之後見！」

艾因將插在胸口的筆遞給羅蘭後，迪爾便領著他離開了教室。

羅蘭的思緒有點轉不過來。才剛想說有名人迪爾怎麼會來，便看到對方朝自己聊天的對象低頭，還說要帶他導覽學園。

再加上，他離開前轉知「艾因」這個名字。

「艾、艾因是……王儲殿下……！」

教室裡的所有學生，在看到艾因和迪爾的互動後，不禁僵直了身體。

——離開教室後過了一段時間。

一同邊走邊確認過學園內的建築，認識了所有主要設施。兩人現在正為了午餐前往餐廳。

「那麼，主要設施的說明以及導覽就到此結束。」

「謝謝你。雖然我會用到的地方好像不多，不過真的有各種設施呢……咦？這麼說起來……迪爾在學園裡的期間，要一直擔任我的護衛嗎？」

這樣他就會沒有讀書和訓練的時間了。

艾因一臉擔心，並客氣地詢問迪爾。

「畢竟有些行程規定一定要參加，因此無法隨侍在側。不過在下會盡可能待在您身邊。」

「不不不……都已經麻煩你保護我了，我可不想要忽視迪爾自己的安排。」

「請您無須介意。在下僅僅只是位騎士罷了。」

果然好死板喔……

看著羅伊德以「耿直」形容的男生苦笑，艾因接著改變了話題。

「——啊，欸欸。」

能從學園內的連接通道看見的草地上，坐著兩位女學生。艾因看著她們開口：

「在那裡休息的人，雖然學年不同但也是一班的嗎？」

「您說得沒錯。若是有看起來相當自由的學生，基本上都是一班的學生。」

「這樣啊，話說回來──那兩個人之中，哪一位比較符合迪爾的喜好？」

艾因想要和迪爾發展成更加輕鬆的關係，便唐突地改變了話題。

「……您了解這種事情又能如何呢？」

「我想了解迪爾，所以偶爾也會想問問這種問題嘛。」

「……原來如此，您是抱著這般意圖。」

似乎難以回答，迪爾一邊皺起眉頭一邊表示：

「……老實說，無論哪一邊都非在下喜好。在下喜歡的女性，至少要比自己強。」

（也就是指克莉絲嗎？）

「如果可以，身高像元帥閣下……父親大人那麼高的話就很棒。若是體格壯碩會更加具有魅力。」

聽到預料之外的答案，艾因不禁踉蹌。這根本和克莉絲沾不上邊。

為了不讓他感受到自己的迷惘，艾因掩飾動搖並露出笑容。

「也就是說，你喜歡和羅伊德先生體格相同且一樣強大的女性？」

「是，您說得沒錯。」

「喔、喔喔……原來如此……雖然感覺很難遇到，但我會替你加油。」

「非常謝謝您。其實在下向朋友提起這點時，總是被嘲笑『不可能』，因此在下感到十分高興。」

我想也是。

不得不說，要找到像羅伊德那樣壯碩又可靠的女性，尋找絕世美女可能還比較簡單。

「雖——雖然還有點早，不過迪爾也一起去吃飯吧。我也有話想和你說。」

帶著掩飾的笑容回應，兩人便走向有露天座位的餐廳。

然而迪爾卻沒有與艾因一同用餐，僅是靜靜地待在他的後方。

◇◇◇

同一時間，在距離王立君領學園不遠的禮維女子學園，以插班形式入學的庫洛涅，在班上女生的圍繞下到處微笑示好。

——不過，她的內心與笑容完全不一致。

（……唉。）

不禁在內心嘆息的她，縱使混在大國伊修塔利迦的千金之中也絲毫不遜色。

那銀藍色的秀髮宛如絲綢般柔順，肌膚如上等美玉般毫無瑕疵。她的魅力不亞於佩戴在右手的星辰琉璃結晶，紫水晶色的雙眼卻蒙上一抹疲憊。

因天生的好器量作祟，她被逼著聊起毫無興趣的話題。

「——因此，若不嫌棄的話，您願意見見我的兄長嗎？」

畢竟庫洛涅早已習慣這種麻煩事，她也因此十分清楚如何對應。

不過對方是貴族，前海姆貴族奧古斯都家的威光沒有作用。因此，她必須要借用沃廉名字的力量。

「太抬舉了。我不過是一介平民，實在配不上貴族的紳士。」

「不！沒有那回事！您可是宰相閣下認同的小姐啊！若有庫洛涅小姐這般美貌，無論是什麼樣的貴族——」

「倍感光榮。不過若我有疏忽，會給宰相閣下帶來困擾……」

只要這麼說，對方就算作為同學態度也不能太過強硬。

「說得……也是呢。非常抱歉，庫洛涅小姐。我是出於希望能締結良緣的一份心意。」

庫洛涅在心中嘆了口氣，再次揚起讓花朵自慚形穢的笑容示好。

「不，還請您不要在意。能讓您對我有好感，我實在感到很高興。」

反正肯定是要娶來當側室吧。怎麼可能會娶一名根本不是貴族的女性當正妻。

而且庫洛涅根本一點答應的意思也沒有。

——不過，禮維女子學園是個好地方。雖然校規十分嚴格，不過這是培養淑女最棒的環境，也是符合庫洛涅為達成崇高目標的學校。

「還請各位……今後也多多指教。」

因為是插班入學，她來學園的期間並不長久。

盡自己最大的力量吧。庫洛涅在心裡下定決心，並平安度過了在學園的第一天——

◇　◇　◇

在學園都市被春季的溫暖包圍時……

都城郊外，附設監牢的騎士駐在所發生了某個騷動。

「……你說有人逃獄？」

擔任駐在所所長的騎士這麼說。

數週前剛逮捕歸案的犯人——關押他的牢房在不知不覺中竟空無一人。不悅地站在潮濕的地牢前，包含所長在內的騎士環顧四周。

「是怎麼逃獄的……沒有人發現可疑的情況嗎？」

「沒有看到。別說可疑了，我們甚至沒有發現他是何時逃獄的……」

石造的牢房十分堅固。

鑰匙是魔具，要打開鎖也必須使用專用的魔具才行。

以所長為首，那鑰匙被放在僅有部分人才能使用的地方嚴加保管。

至少僅靠自己一人就想逃獄是不可能的。

「無論如何，快去調查並聯絡王城！你們幾個去把最近這陣子的值班者名簿拿過來！」

「是！」

慌張的氣氛一下子擴散開來，所長帶著苦澀的神情眺望牢房。

——他記得，收押在這裡的犯人是……

「懶惰的弗烈德，原本是冒險家的短劍高手——」

同時也是奪去好幾人生命的凶惡罪犯。

犯罪動機是錢。目前已經查到他接下幾位資產家的委託進行犯罪。種族是在伊修塔利迦也相當罕見的「吸血鬼」異人族。

當時弗烈德供述：「我以吸食殺害對象的血為樂。」

「……必須要趕緊逮捕他才行。」

所長用力拍了拍臉頰，連忙離開了牢房。

熱鬧的學園生活

自學園第一天後過了幾日。

假日的下午，艾因久違地來到寶物庫。

他的身邊站了三位女性。

「艾因，好久沒有來這裡了呢。」

第一位當然是奧莉薇亞。

第二位則是擁有與奧莉薇亞相似褐色秀髮的美女。她正環視著寶物庫。

「——我看看，我想給艾因的短劍究竟在哪裡來著……」

她的名字是拉拉露亞，是國王辛魯瓦德唯一的妻子，也是被稱為王妃的存在。她是種族為黑暗精靈的異人。就人類的年齡來說處於壯年期，卻擁有精靈特有的年輕貌美。

咚、咚——拉拉露亞踩著腳上的高跟鞋，一邊發出聲響一邊前進。

最後是第三位女性，克莉絲彷彿想起來般開口：

「拉拉露亞殿下，您找的是短劍，我想應該會放在陳列武器的地方。」

看向她指的方向，有寶劍和金色長槍等等……看起來就很貴重的武器並列著。

「啊，是那個嗎？」

（放在這種地方的短劍，我真的可以收下嗎……）

之所以會來到寶物庫，是因為拉拉露亞說有禮物想要送給艾因。

來到短劍放置的場所，一個黑色的箱子躺在那裡。

「來，這個就送給艾因吧。王儲腰間配戴的武器必須得是氣派的東西才行。」

長方形的箱子長度大約六十公分。雖然是用來收納短劍，但卻不怎麼厚重，尺寸雖大卻意外地很好拿取。

「我可以打開來看看嗎？」

「那當然，這已經是艾因的劍了。」

「謝謝您。那麼事不宜遲——」

聽到回答，艾因連忙將箱子放到手邊方便擺放的台座上。

他打開箱子上的金屬釦。

「……這還真是適合黑暗騎士的短劍呢。」

漆黑的劍身散發出黯淡的光芒，僅有劍柄上鑲了一顆裝飾用的鮮紅寶石，宛如藝術品般的精緻質感吸引著他的目光。這把武器絕對不會讓人感到不祥，是把出色的短劍。

「哎呀哎呀！母后，您有如此適合艾因的短劍啊！」

「是啊，艾因可是吸收了杜拉罕的魔石，這可說是為他量身打造的短劍呢。」

拉拉露亞和奧莉薇亞兩人感到開心的同時，克莉絲不禁苦笑。

「——那個……啊哈哈……真是厲害的短劍呢……艾因殿下……」

克莉絲不知該如何稱讚，帶著困惑並首先讚賞了一句。

「雖然我很驚訝，不過我也很喜歡喔？」

「這、這樣啊！那真是太好了！」

（不過話說回來……用起來好像莫名順手，有種彷彿是手臂延伸的感覺，非常好握。）

一邊感謝克莉絲的體貼，艾因對於漆黑短劍握起來的感覺感到訝異。

重量和握柄，無論哪一點都讓他感到中意。

「外婆！謝謝您送我如此出色的短劍！」

表達謝意後，艾因拿起同樣裝在箱子中的黑色劍鞘及腰帶。

他將短劍收進劍鞘並別在腰間。對身高還不是很高的艾因來說，短劍不會太長，可說是剛剛好。

「很適合艾因呢——身為王家的男孩，至少也該時時在腰間佩戴一把劍。」

雖然拉拉露亞這麼說，克莉絲卻一臉擔心。

「那個……艾因殿下。雖然就我來看劍似乎不需要打磨，您要注意安全，小心不要受傷喔？」

「不要緊的，雖然有時我和凱蒂瑪阿姨會比較吵鬧，不過這畢竟是刀刃。」

「……雖然凱蒂瑪殿下的研究也會碰到危險的藥物……不過我姑且放心了。」

「艾因真是的，又變得更加英勇了。」

這是克莉絲和拉拉露亞都看慣的光景——她們看著被奧莉薇亞抱在胸前的艾因，並結束了在寶物庫的要事。

◇ ◇ ◇

出乎意料地收到了好東西，艾因非常開心地離開了寶物庫。

「事情就是這樣，這是外婆送給我的。」

「哦……雖然很突然，不過太好了呢，我覺得很適合你。」

場景改變，來到凱蒂瑪位於地下的研究室。

艾因、庫洛涅，以及研究室主人凱蒂瑪，總共三人坐在沙發上。

前兩個人之所以會出現在這裡，是因為兩人在艾因的房間聊天時，凱蒂瑪要求他來研究室，還說可以兩人一起來。

「喵……很抱歉打擾你們融洽的相處時間，不過你有沒有什麼好主意喵……？」

坐在對面的凱蒂瑪發出無力的聲音尋求幫助。

她今天也和前幾天一樣，調查著艾因購入的詛咒魔石。

「庫、庫洛涅如何喵？和艾因不同，妳應該很機靈的喵！」

面對這莫名的鄙視，艾因今天也浮起些許青筋。

不過他察覺到庫洛涅準備要回答，便收起了抱怨。

「我是個門外漢，所以沒辦法給出什麼好的回答……我能想到的頂多就是可以去王立君領學園的圖書館調查看看而已……」

「那座圖書館喵……那裡的館藏量確實不得了喵。」

不過，以前她曾因別件事情做過調查，在關於魔石的書籍方面，那裡沒有符合她期望的書。

看見失落的凱蒂瑪，庫洛涅也傷腦筋地歪頭。

「艾因如何？就我來看，艾因應該比我還要聰明。」

「……雖然我很高興妳稱讚我，不過我大概也只能想到和庫洛涅一樣的點子。」

「唉唉……真是不中用的王儲──好痛──！艾因！快住手喵！我耳朵的毛很敏感的，拜託你不要拉喵嗚嗚嗚嗚！」

艾因臉上浮起青筋同時拉著她的耳朵。

「呼啊……呼啊……！真、真是的！真是個脾氣不好的外甥喵！」

「那、那個……凱蒂瑪殿下……您還好嗎？」

「不要緊喵！這點小事我都習慣喵！」

庫洛涅對艾因投以同情的目光。

「艾因也是，不可以這樣喔？不能這麼粗魯。」

話雖如此，她姑且仍站在凱蒂瑪那一方責備艾因。

面露有如在說教的平靜表情。

「我知道了啦，我不會再做了……」

「真是的……既然這樣，我希望你能露出更有說服力的表情。」

他們兩人自己也是鬧著玩的吧。既然如此，只要稍微斥責就行了。

不繼續追究的庫洛涅看著有說有笑的兩人，溫柔地勾起嘴角。

「真的……自從來到伊修塔利迦之後就好熱鬧，讓人一刻都閒不下來呢。」

「喵喵喵？是托我的福喵？」

「呵呵……就是說啊，都是多虧了凱蒂瑪殿下和艾因，以及王城裡的各位。」

「那真是太好了喵！」

心情變好的凱蒂瑪忘了剛才的騷動，豪邁地拿起桌上的水果往嘴裡塞。

在她咀嚼水果的多汁聲響中，出入口的門「咚、咚」傳來敲門聲。

「好像有人來了，我去看看。」

「麻煩了喵。」

走向被敲響的門，艾因打開門扉，拿著小木箱的克莉絲現身。

「啊，艾因殿下，原來您在這裡啊。」

「嗯，剛剛才見到妳呢。克莉絲小姐找凱蒂瑪阿姨有事？」

「其實是凱蒂瑪殿下的貨物送到了……」

她這麼說著，並踏入研究室走向凱蒂瑪。

「業者說『讓您久等』後，便寄放在我這裡了。請您收下吧。」

「喵喵！終於來了喵！」

接過木箱，凱蒂瑪開心地在沙發上手舞足蹈。

「謝謝妳喵！啊，我桌上還有想拿去寄的貨物，回去之前能麻煩妳確認一下喵？」

「是，我明白了。」

「麻煩了喵！寄件地址已經整理在紙上了，希望妳能稍微過目喵！」

接著凱蒂瑪靈巧地用肉球打開木箱的蓋子。

裡面塞滿了絲綢當緩衝材料，中央擺放著一本書。

「喵，喵嗚……這灌注心力在一本書上的優良做工，讓人感受到歷史的紙張觸感……！」

「凱蒂瑪阿姨？那本書是很貴重的東西嗎？」

凱蒂瑪一臉「你問得真好」的表情回答：

「這是我花了好幾個月，好不容易才入手的書喵！聽到價格你可會訝異喵！幾乎花費了我一年之內可以自由使用的錢才終於買到手的喵！」

這是一本消耗大公主大筆財產的書。

明明耗盡了她所謂的零用錢，凱蒂瑪卻絲毫沒有後悔的神色。不僅如此，身體還因為喜悅而發顫。

「凱蒂瑪殿下，那是一本什麼樣的書呢？」

「嗯！妳問得好喵，庫洛涅！據說這是某位有名的精靈耗費一生寫出來的書喵。」

她接著解釋，那位精靈一生都在研究魔王，因此這本書記述的資訊比任何書都還要詳細。

「哎呀，不過這還真是出色的封面喵。」

由矮人名匠製作的皮革書衣。

皮革封面美麗而莊嚴，書名不知是印上去還是用手雕完成，完全看不出其技法。

照凱蒂瑪的想像，那皮革似乎屬於沒有龍鱗的龍種，而那當然是高價的素材。

「出色到這種程度，就連我都會有點緊張喵。」

她這麼說著，並從白衣的內側掏出手套戴上以蓋住肉球。

「……我可以翻一下喵？」

「嗯，是可以——」

既然如此，他和庫洛涅可以回去了吧？在艾因開口詢問之前，凱蒂瑪完全陷入了書中世界。

「嗯嗯，果然無法輕易閱讀喵……」

她自言自語著。凱蒂瑪一旦變成這樣就聽不太到聲音了。

艾因嘆了一口氣並看向身旁。這也沒辦法呢，庫洛涅這麼輕輕微笑著。

「我再幫你泡杯茶。我的手藝也變好了喔？」

「雖然庫洛涅泡的茶從以前開始就很好喝了，不過妳在學園又學到了不少？」

「不，不是的。其實我偷偷請教了瑪莎小姐。」

瑪莎大概是位好師傅吧。她身為王城中排名第二的僕役，也是擔任奧莉薇亞專屬僕役的女性，她那與立場相應的實力不容質疑。

認為她找了位好師傅的艾因不禁點點頭。

「來，請用。」

就在這時候，庫洛涅手腳俐落地倒了一杯新的茶，艾因不禁再次嘖嘖讚嘆。

「……十分出色。」

「呵呵，太好了。合您胃口倍感萬分榮幸──殿下。」

在兩人享受拌嘴的同時，凱蒂瑪則形成對比似的皺起眉頭。

這是她好不容易購入的書，然而讀起來實在有難度。

「喵嗚……看來這似乎要花不少時間喵……」

「嗯？怎麼了？」

「文字實在太難理解了喵……這是只流傳在部分精靈之間的『古代精靈文字』，是種很麻煩的文字喵……」

「既然這樣，那麼請克莉絲小姐閱讀呢──？」

「這是好幾百年前的古老文字喵，一直生活在都城中的克莉絲應該不認得喵。」

「凱蒂瑪殿下──！您叫我嗎──？」

大概是聽到了自己的名字，在辦公桌那頭的克莉絲大喊。

「沒什麼喵！麻煩妳繼續進行確認作業喵！」

「是的——！我知道了——！」

「唉……下次得去找會讀的人才行——呣嗯嗯？」

就在她快要放棄時——她發現了某張插圖。

「原來如此，魔王相關書籍中記述最詳盡的書……雖然我本來就預測大概會有，看來猜中了喵。」

接著，凱蒂瑪便將書本攤開給艾因與庫洛涅看。

「這是第一次看到的模樣喵。」

「……凱蒂瑪阿姨！這、這是！」

「嗯，第一次看到喵。這張插畫上的一定就是那顆魔石曾經的主人——杜拉罕喵。」

被描繪成魔王親信的杜拉罕，是位神情精悍，一頭銀色中長髮飄逸的美男子。

氣質看起來和艾因莫名相似。

「杜拉罕原來擁有這麼像人類的外貌啊。」

「呃，嗯……我也跟庫洛涅一樣訝異。」

「喵……不過話說回來，不只是身影，真希望也能好好閱讀內容喵……」

真讓人焦急。

好不容易獲得這本書卻讀不懂內容，不禁令人感到難過。

「果然只能去尋找讀得懂文字的人了喵……」

她將攤開的書本就這麼放在桌上，翻動白衣站了起來。

「你們兩個！雖然是我叫你們來的，但很抱歉，我現在有個地方要去喵！」

「我就知道……那麼，我們也回上面吧。」

「也是，就這麼辦。」

「克莉絲——！等妳確認好，希望妳能幫我把大的貨物拿去外面喵！」

「好的——！路上小心——！」

留下克莉絲，三人離開了研究室。

——接著，克莉絲完成貨物確認作業，並照凱蒂瑪說的將大貨物拿到了外面。

完成搬運後，克莉絲發現了放置在桌上的書本。

「這是剛剛送到的書嗎……哇，這本書看起來真昂貴。」

維持攤開的狀態容易毀損書本，於是她拿起書準備闔上。

接著，看到明顯很高級的封面，她不驚面露震驚。

——然後……

「……『關於魔王的真相考察，以及其親信們』？」

克莉絲讀出用古代精靈文字撰寫的書名，便對內容產生了興趣。

她有些戰戰兢兢地翻頁，指尖停在一張描繪著女性的畫像上。

「……真是美麗的人。」

那是位身穿黑色斗篷，身上佩戴幾個寶石的女性圖畫。

這恐怕是一種魔具之類的吧？她手上握著的巨大法杖令人印象深刻，僅從嘴唇便能看出這位女性十分美麗。

「女巫……？不，若是女巫的話，臉應該也要是骸骨才對……」

在出生的故鄉，克莉絲從小便被傳授古老魔物的知識。

就在她回想剛才插畫上的女性時，想起了有關其真實身分的線索。

「對了，應該是**死靈巫妖**吧？」

克莉絲看了看插畫，並沒有特別閱讀書本內容便將書闔了起來。

她的手擺在身後，心情愉悅地哼著歌並離開研究室。

克莉絲知曉的叫做「死靈巫妖」的魔物，比其他任何魔物都還要擅長使用魔法。

要說到曾經在大陸散布恐懼的魔王親信代表，克莉絲聽說死靈巫妖的力量強大到讓人們認為非她莫屬。

不過話說回來，她的嘴唇可真美麗呢……克莉絲事不關己地思考。

「呼啊……好睏……」

接著她悠哉地自言自語，帶著輕盈的步伐跑上了樓梯。

◇　◇　◇

隔天放學後，艾因想起某個疑問。

「你知道我們班導師為什麼突然換人了嗎？」

他是在從學園內移動到外面的期間問的。

當他詢問走在身旁的迪爾，後者停下腳步並深深皺起眉頭。

「這件事不太好當眾公開，不過是因為那個男人被學園開除了。」

「……開除？」

「是，他平時行為有問題，打破學園的理念，對平民與貴族差別待遇。本來就不能容忍這樣的問題，且他還預定成為一年一班——也就是殿下的班導師。因此在下也幫忙進行了調查，並將結果上呈給父親大人他們。順帶一提，他的負責科目是藥學，是位了解魔物毒素的男人。」

最後，再加上其他教授們的報告助陣，以辛魯瓦德為首的最高理事下了決斷。

——男人的名字是沃爾夫．馬格耐斯。

「沃爾夫是三男，也是侯爵家出身，與我們古雷沙公爵家也有來往，解聘一事是由父親大人轉達的……這是同為貴族的體諒，不過在下認為父親大人應該要表現出更強硬的態度才是。」

「這也沒辦法吧……畢竟對方是侯爵家，各方面都不便。」

「不知貴族的責任，只會不知進取地居於高位。只因這一點，他就是名不討喜的男人。」

面對因為是名門才產生的麻煩，迪爾似乎感到厭惡，表情陰暗。

「那個叫做沃爾夫的男人……現在在做什麼？」

「再怎麼說，他的血統仍然優秀。目前似乎讓他負責**管理騎士們日程的閒職**。」

雖然這份工作也很重要，不過大概讓人感覺不到工作價值吧。

就連艾因都感覺得到，他是因為優良的血統，迫於無奈之下才會被貶至負責那份工作。

（迪爾是個不會笑的人，這是不是因為他的正義感太強了呢？）

仗著貴族的身分作威作福。艾因也能理解他厭惡這一點的心情。

「我也不喜歡……雖然我是王族，但也沒產生過想要仗著身分欺壓他人的想法。應該說我根本不想這麼做。」

「是，這是件很出色的事。」

迪爾難得用較為開朗的聲音回應。

「謝謝你。所以我也想和迪爾用名字互相稱呼，變得更要好——」

現在讓他改用名字稱呼自己，應該能成功吧？艾因懷抱淡淡的期待。

「在下認為這兩件事情完全沒有關聯。在下是護衛之人，還請寬容。」

「也不用打斷我的話回答我吧……了解。」

「那麼，克莉絲汀娜大人似乎也已經到了，在下於此先行告辭。」

到校門附近時，迪爾向艾因鞠躬告辭。

艾因在心中決定，總有一天要讓他叫自己的名字。接著他前往克莉絲等待的場所——

——在學園都市，放學後的學生們吵吵鬧鬧的大道上。

走在艾因身旁的克莉絲似乎想起些什麼般開口：

「啊……不好意思，艾因殿下。」

「嗯嗯？」

「我有事情要轉告巡邏的騎士，能稍微耽誤您一點時間嗎？」

「可以啊——啊，正好過來了。」

定期巡邏的騎士，穿著與王城騎士不同的制服。不是銀色或白色，他們身上穿著以藍色為基調的騎士服及輕便的盔甲。

「非常抱歉……那麼，艾因殿下也請一同前往吧。」

克莉絲接近站在行道樹旁的騎士。

在一旁看著兩人開始對話，艾因左右張望地環顧這一帶。

（好多人喔。）

在這之後，還有他一點也不想思考的回家尖峰時刻在車站等著。

雖然這讓他稍微提不起勁，但畢竟為了回家，因此也莫可奈何。艾因不禁「唉唉……」地嘆氣。

不經意間，他看見某些在這座學園都市不常見到的打扮。

「……」

彼此之間距離不到二十公尺。

三名男性纏上身穿名門學校——禮維女子學園制服的兩位學生。

她們的身旁沒有護衛，兩人肩併肩望著男人們，身體不禁打顫。

「——真是沒轍。」

艾因沒有告知克莉絲便走向前去。

雖然有其他人也面露擔憂，不過他比任何人都要更早行動。

「她們看起來很害怕，能請你們停手嗎？」

自己說出了相當老套的台詞，艾因對此不禁在心中苦笑，並介入女學生和男人們之間。

好了，妳們可以走了——他瞥了女學生們一眼。

「謝……謝謝您！」

「日後會向您致謝——！」

他自己也覺得這樣刻意介入有些冷場，而這個感覺似乎也表現在他們臉上。

被妨礙感到心煩意亂嗎？艾因看著男人們這麼想。

（不不不，什麼妨礙……以搭訕來說，這年齡差也太大了吧？）

男人們的年齡至少也有二十後半。

女學生們看起來大概比艾因大上三歲左右。和庫洛涅同年齡。

三人之中有位彪形大漢。

「好人家的小少爺，自以為是王子殿下嗎？」

「我不用自以為……算了。因為她們看起來不情願，我才會阻止你們。」

「我們可是在談重要的事情啊，和錢相關的重要事項。」

……什麼啊？原來不是搭訕啊？

他莫名鬆了一口氣，不過這還是個問題。

「但是她們看起來很不情願呢？」

結果還是回到這個回答。

周遭的人們不禁發出擔憂的聲音，艾因更加受到矚目。

他會怎麼做？就在大家心想他面對這三人組未免太有勇無謀的瞬間——彪形大漢伸出了手。

「先出手的可是你們喔。」

「囉唆！那又怎麼樣——！」

他強健如圓木的手臂加快速度朝著艾因的臉揮去。

然而——

（王城騎士的速度比較快……不過這也是當然的吧……）

根本不需要拔出短劍。

別開臉躲過對方的手，就這樣將他往後拉——

「呃……什……好痛！」

他的身體倒下並發出厚重的聲響，下巴和手撞擊地面，男人吃痛地悶哼一聲。

「等等，這傢伙是王立的學生！」

「唔……那又怎麼樣！他這麼瘦小，兩人同時撲上去就行了……！」

就算他們兩人一起上，艾因也有辦法對應。

畢竟他擁有能贏過王城騎士的實力，當然不會輸給區區暴徒。

不過……

「啊……抱、抱歉……」

艾因帶著抽搐的笑容這麼說。

男人們露出醜陋的笑容，以為這是他求饒的話語，但是答案並非如此。艾因的視線前方有雙比冰霜更加冷徹——充滿殺意的雙眼。

那雙眼眸的主人，在艾因眨眼間消失無蹤。

當她再次出現，殺意已煙消雲散。

「我正在猶豫要怎麼對您說教。雖說您的行為十分紳士，不過我認為至少也要先知會我一聲。您怎麼看？」

「……妳說得沒錯。」

不知不覺間，克莉絲已站在艾因面前。

以為艾因的態度是在求饒的兩名男子，被突然出現的金髮美女奪去目光。他們不久後就失去意識，難堪地口吐白沫，趴倒在地。

「……那麼，妳是什麼時候打倒他們的？」

「站在艾因殿下面前時已經完成動作。唉～……您為什麼這麼淘氣呢……？」

她眼中充滿的殺意似乎全是針對那兩名男子的。

「我沒辦法坐視不管。不過，我應該要先知會克莉絲小姐一聲。」

「您明白就好。但是這件事情我會稟報陛下、奧莉薇亞殿下以及庫洛涅大人喔？」

雖然他希望克莉絲能饒了自己，卻又無法為自己辯駁。

最後，在觀眾們圍繞艾因與克莉絲拍手叫好的歡呼聲中，艾因垂頭喪氣地點了點頭。

◇　◇　◇

——夜晚。

艾因在王城的書庫中，一旁反省文的紙張堆得像山一樣高。

「終於寫完了——！五十張也太多了吧……！」

克莉絲整理著艾因寫的反省文，紙張撞擊桌面發出「咚、咚」的聲響。坐在對面的庫洛涅臉上微微地浮現笑容。

「辛苦了。不過我也認為是艾因不好……您覺得呢？」

「我認為正如庫洛涅大人所言。陛下的處罰反而算是比較溫和的。」

「竟、竟然兩人聯合起來欺負我……！我已經被罵得很慘了，饒了我吧。」

五十張反省文，今天之內繳交。

再加上辛魯瓦德的鐵拳，便是給艾因的處罰。

就連奧莉薇亞也沒有袒護艾因，唯有今天稍微責備了他。

——現在的時間處於日期變換的臨界點，總算是趕上了繳交期限。

「有什麼話需要幫您轉告陛下嗎？」

「請幫我告訴他五十張太多了。」

「……」

「我說錯了。請幫我轉告他說對不起。」

「唉唉……是，我明白了。」

面對語帶輕挑的艾因，克莉絲最後說了一句「辛苦您了」當作慰勞。

唔——嗯。艾因一邊出聲，一邊伸了伸懶腰。

「不可以這樣喔？我可是也覺得很危險的。」

「抱歉，我沒辦法坐視不管。不過我確實應該要先跟克莉絲說一聲。」

「沒錯。下次若又遇上什麼事，一定要這麼做喔。」

艾因點頭回應克莉絲的話，過了一會兒庫洛涅開口：

「不過……我覺得很有艾因的作風就是了。」

「嗯，妳那是在稱讚我？」
「誰知道呢？不過，我大概不討厭吧。」
「原來如此……我好像被稱讚了呢。」
庫洛涅也因為喜歡他，便不怎麼強勢。
饒了我吧。對克莉絲來說，她還希望庫洛涅能更用力鞭策他。
「兩位明明頭腦都很聰慧……真是的……為什麼……」
克莉絲無力的呢喃消失在空氣中，只剩下兩人互相開心地笑著。
「學校如何？妳那裡好玩嗎？」
「是啊，大家都是好人。多虧沃廉大人，我的學業也沒有落於人後。」
「那真是太好了。如果有發生什麼事要跟我說喔。」
「呵呵……謝謝你。」
「——那麼，我去將這份反省文交給陛下。」
無法忍受這兩人世界的氛圍，克莉絲正準備要離開書庫。
寫完反省文的艾因在書庫也沒有其他事要做。庫洛涅眼看艾因也要離開便站了起來。
一行人離開書庫，此時偶然遇到了沃廉。
「啊，沃廉先生。」
「這不是艾因殿下嗎？看來您完成陛下的處罰了，我來得正是時候。」
是有什麼事情嗎？
庫洛涅將反省文交給沃廉，沃廉乾咳一聲重整姿勢。

「艾因殿下和庫洛涅小姐都在，這樣正好。其實剛剛才結束對暴徒們的盤問，我順帶過來報告。」

大家臉上的鬆懈消失。

「白天的暴徒是沒落的冒險家。似乎是以前曾作為冒險家工作過……」

「啊啊，難怪只是些小混混。」

似乎符合她的想像，克莉絲便隨意帶過。

艾因和庫洛涅的頭上浮現出問號，察覺到這一點的沃廉接著說：

「在冒險家這個行業賺不了錢的人，就會去尋求能用體力賺錢，且沒有魔物危險性的工作。比如擔任地下交易的保鑣，或是去勒索善良百姓。」

雖然不是所有人都這樣，不過有許多這樣的案例。

「話雖如此，特地前往學園都市可真不可思議。」

「是啊，克莉絲閣下說得沒錯，那裡有許多貴族的護衛及巡邏的騎士。他們能像今天這樣長時間自由行動是很難得的事……」

「增加巡邏騎士吧。那個……畢竟還有艾因殿下及庫洛涅大人在。」

有種莫名讓人感到麻煩的預感。

艾因靜靜地聽著兩人的對話，和庫洛涅面面相覷，交換了眼神。

◇　◇　◇

某天，有堂一定要參加的班會。

「詳細內容如發下去的資料所寫。有什麼問題就來問我吧。」

艾因手上拿著路克教授發下來的資料。

（這是什麼？好厲害。）

明明看起來就是普通的紙，插畫卻會動，文字也會晃動。他對於學園為了增加閱讀方便性，展現出如此神祕的技術感到吃驚。

「哇啊……我是第一次看到這種東西……」

坐在隔壁的羅蘭不禁動了動長著毛的狼耳。

艾因的視線投向資料，上面寫了讓他相當有興趣的情報。

（——學園都市對抗賽？）

自今天起一週後，位於學園都市的所有學園皆為參加對象，並且會舉辦學生們交流兼競爭的活動。辯論、劍術、魔法等等，將會用多種項目切磋琢磨。

為什麼這麼重要的事情，會在舉行前一週才通知？艾因感到不可思議。

「……算了，這也符合這座學園的作風吧。」

「嗯？艾因同學，你說了什麼嗎？」

「啊……不，沒什麼大不了的。」

他如此回答愉快豎起耳朵的羅蘭。

「——對了！抱歉拖這麼晚，其實有樣東西我一直想還給艾因同學。」

「還我……有什麼東西要還嗎？」

「這個這個！這是學園第一天你借給我的筆！」

羅蘭從制服裡拿出了褐色紙袋，筆就裝在裡面。

「我完全忘記了。不過，你也不用特地包得這麼好看。」

「畢竟我們是朋友，要確實地——不過，艾因同學是王儲，我這麼隨便說我們是朋友，你大概會生氣吧……」

艾因瞪大眼睛。

朋友？對了，這麼說起來這是他的第一位朋友。

第一次有人這麼對他說，一股感動油然而生。

「……不，我們就是朋友啊。你能隨和地這麼說，我也比較開心。」

「啊，真的嗎？因為我也想過我的身分實在配不上。」

對於稱呼王儲為自己的朋友這一點，羅蘭有些卻步地說道。

不過，艾因很直接地回應：「這兩件事情無關。」

「你正常對待我，我也比較高興——對了，是不是差不多該移動了？」

「對啊……我要去一趟路克教授的研究室。艾因同學呢？」

「我應該會去訓練場吧。我再去揮揮劍。」

訓練場。這是艾因基本上每天都會來的場所。

正如其名，是用於訓練劍術等的設施，不過這座學園的訓練場十分與眾不同。

差別主要在於設備十分充足，且擁有全大陸只有幾台的魔具。

再加上石頭鋪成的競技場及練拳用的假人模型等。艾因獨自一人來到擁有這一切的訓練場設施。

「……喔？來了啊。」

咬著雪茄說話的人是教官。

主要教授劍術，和學生的距離很近所以評價很好。

「我想說今天也精神飽滿地來訓練好了。你有空嗎？」

「有空啊。**召喚台**對吧？」

教官大拇指所指示的方向有個被玻璃罩住的角落。

「嗯，應該說我最近開始覺得自己是為了用那個才來學園的呢。」

「你還是老樣子很臭屁。來，做好準備就過來吧。」

身上隨意穿著老舊襯衫，沒有修整鬍子的他名叫鎧札爾，是艾因在入學考時打傷的男人。和當時給人的印象有天壤之別，他現在是很會照顧人又獲得學生好評的教官。

（到了現在回頭一想，重逢時的事情可真讓人懷念。）

「喔？是你啊。」當時鎧札爾很隨意地向他搭話，讓艾因不禁目瞪口呆。

到了現在，艾因對他只剩下好老師的印象。

「喂，你今天要怎麼練？」

鎧札爾的態度之所以如此隨意，是因為這裡位於學園內，而艾因又是學生。

在學園裡，老師的態度無關學生的身分，就連王儲也不例外。這是辛魯瓦德的方針。

「我想想……那就麻煩猩紅野牛吧。」

「真的是個早熟的小鬼耶。你等等。」

——猩紅野牛。

艾因以前曾吸收過名為純白野牛的魔物魔石。

和美味的純白野牛不同，猩紅野牛是亞種，且味道不好吃。據鎧札爾所言：「產生殺意波動的野牛，就是猩紅野牛。」兩者姑且會被當作不同種的野牛。

「鎧札爾教官，我可以問一個問題嗎？」

架上放了幾件護具和木劍。

艾因挑選幾個適合自己的裝備穿上後，便靠近鎧札爾所在的地方。

「啊？怎麼了？」

「對普通冒險家來說，猩紅野牛大致上具備多高的危險性？」

「中階程度的話，只要有兩個人就不怎麼辛苦。不過其中一人要當誘餌就是了。」

「哦……原來如此。」

「所以像你這個年齡的孩子……不，應該說本來就不是學園的學生該應付的對象。」

「那又為什麼能在學園的訓練場進行戰鬥啊……」

艾因打開玻璃門，兩人走了進去。

鎧札爾用手指點擊浮現的文字和插圖進行操作，那塊薄板讓人聯想到液晶螢幕。

（這科技果然太神祕了。）

艾因要面對的不是真正的魔物，僅僅只是類似幻影般的東西。

魔具名為「召喚台」，會大肆使用魔石，召喚出其中儲存的魔物情報。

照現在的技術面來看，猩紅野牛已是能召喚的魔物中最強的魔物了。召喚台的保養費也要花上大筆資金，是整個伊修塔爾大陸還只有三台的最先進魔具。

「若是王城騎士的話單獨一人也能打倒，再說到近衛騎士的話那就更輕鬆了。」

「也就是說，兩位中階冒險家等同於一位王城騎士嗎？」

「差不多。」

再更進一步說的話，近衛騎士擁有普通騎士四至五人份的實力。

「所謂的近衛騎士，和一般的高階冒險家擁有差不多的實力。」

「那麼鎧札爾教官呢？」

「如果不限於劍術的話，來個十位近衛騎士都能應付。冒險家本來就不會只依靠劍去戰鬥。有時候會耍小聰明，戰鬥時無所不用其極。」

「是哦……好厲害。」

艾因一臉呆滯地說。鎧札爾嘆了口氣回應他：

「艾因不也有那種搞不清是什麼東西的技能嗎？只要用上技能，應該就能做到更多事。還是說……怎麼？你光靠劍術也贏過近衛騎士了嗎？」

「……今年年初之後開始能贏了。」

「哈——真是個超乎常理的王儲啊。來，準備完成了喔。」

在鎧札爾說話的同時，地面的魔法陣散發蒼白色光輝。

不久後，艾因期待的猩紅野牛即將現身。

「這明明是用魔具召喚出來的東西，為什麼會有衝擊力呀？」

「不知道。這麼難的問題就交給開發者吧。」

「……喔。」

這位名為鎧札爾的男人，據說是連羅伊德都敬畏三分的冒險家。

也因為有他推薦鎧札爾來這所學園，自從他負傷並從冒險家一職引退後，馬上就來到這座王立君領學園任教。

（——來了。）

從地面滋滋地現出身形的是——猩紅野牛。

身體被鮮紅的體毛覆蓋，關節突起的四肢充滿肌肉而強健。身高看似超越兩公尺的巨體最前端，有著兩根尖銳、粗壯又扭曲的牛角。

猩紅野牛「噗咻嚕嚕」地吐出紊亂的鼻息，將目標鎖定在艾因身上。

「雖然幻影的攻擊不會讓你受傷，不過被撞飛的挫傷可要自己負責喔。」

「是，我會注意！」

留下對峙的雙方，鎧札爾離開了房間。

他之所以能放心在外面觀戰，是因為魔具十分安全，幻影不會直接對人體造成傷害。

「噗嚕——哞嗚嗚嗚！」

牠的吼叫和牛相近。兩者的不同在於魄力以及腿力的強度。

將扭曲的牛角轉向艾因，猩紅野牛放低巨體的重心準備突進。

艾因冷靜地觀察牠的模樣——

「……我已經**適應**你的動作了！」

只差幾十公分的距離。

艾因單腳用力跳向一旁，猩紅野牛來不及反應，牛角無法改變方向。
一瞬間，艾因的木劍俐落地砍向猩紅野牛的腳邊。
厚重的聲響和吃痛的吼叫響起。
「轉頭的時候充滿了破綻呢……！」
慌張回頭的猩紅野牛。
艾因透過至今為止的訓練已經學到，猩紅野牛的動作意外地不是很靈巧，也因此有許多破綻可鑽。
——艾因最後打在牠腦門上的一下成了致命一擊。
「……噗……哞嗚……嗚……」
猩紅野牛發出宛如地鳴般的聲音橫著倒下，轉眼之間便化為光輝粒子煙消雲散。

不可能只訓練一次就結束。在那之後，艾因又和猩紅野牛戰鬥了三次。
雖然他已經適應如何對付猩紅野牛，這份緊張並不差。
「結束了！請提供今日的評價！」
流了身好汗。艾因帶著清爽的笑容離開房間後，便詢問站在外面觀戰的鎧札爾。
「三十分。你這個蠢蛋！」
聽到過低的評價，艾因無法接受。
「我明明全都打倒了耶！這、這會不會太嚴苛了點……？」
「到第三隻為止幾乎是滿分。封鎖行動，敲擊腦門給予衝擊。雖然這兩者都很不錯——」
鎧札爾深吸一口氣，伸出食指猛戳艾因的額頭。

「到底是哪個！傢伙！叫你要從正面迎擊猩紅野牛的突擊啊……你這個蠢東西！」

到了第四隻，艾因心血來潮，靈巧地抓住猩紅野牛的牛角，從正面用蠻力打倒了對方。

「就在這裡……好痛！很痛耶！」

「我挑你毛病也是應該的吧！」

「說、說不定哪天會派上用場啊！如果我和更加強大又巨大的魔物戰鬥，又不得不從正面阻止對方的話，我要怎麼辦？」

「那就用上你的腦袋，努力讓自己不要遇到那種窘境！」

聽到無法反駁的正論，艾因用手按住額頭，露出不滿的表情看向他。

不過，鎧札爾雖然感到無語，卻也露出一半笑意，再次體認到王儲有多麼超出常理。

「呼……好痛喔……」

一旁有名少年就近望著這兩人。

「真、真是厲害的戰鬥……竟然從正面阻止猩紅野牛，也太帥氣了吧……」

艾因對這名少年有印象。

這位留著一頭鮮紅色短髮，神情看起來十分淘氣的少年，他曾在教室裡見過好幾次。

——不過遺憾的是，他沒有問過他的名字。

「喔，是巴茲啊。你也要來訓練對吧？」

（這孩子叫巴茲啊。）

「我也……我也要用猩紅野牛！」

「……雖然無所謂，不過我覺得對你來說還太早了。」

「沒關係！是男人就要試試看！」

鎧札爾無奈地搖搖頭，並開始著手準備。

艾因對這位名叫巴茲的少年產生了好印象。真是個乾脆的男生。

「既然要打，就要好好打。來，裝備……都戴好了啊。為了避免受傷，先做好暖身運動。」

「不用！我在班會之前做過運動，沒有問題！」

「……你倒是先休息啊。」

（這孩子……真是有精神啊……）

看到這相聲般的一搭一唱，艾因不禁露出笑容。此時巴茲與他對上了眼。

「我也會打倒牠的，王儲殿下不嫌棄的話，也請在一旁看著吧！」

「……不用敬語沒關係，畢竟我們是同學。」

縱使他這麼說，巴茲大概也會繼續用敬語吧。

畢竟艾因有身為王儲的立場，這也沒辦法——就在他這麼想時……

「喔？是嗎？那我就照你說的做吧！今後請多指教！」

獲得如此回應，讓艾因感覺有辦法和他融洽相處。

不久，巴茲回應鎧札爾的呼喊站上魔法陣，艾因則在一旁觀望。

「……拜託你了！」

鎧札爾操作魔具後過不久，和艾因當時一樣的猩紅野牛被召喚了出來。

出現的猩紅野牛帶著天生的殺氣轉向巴茲。

「呃……喂！巴茲！你該不會……！」

鎧札爾面露驚訝。

就像艾因方才的行為，巴茲也想從正面接下猩紅野牛的衝擊。

「來吧，猩紅野牛——……唔、唔喔喔喔……！」

巴茲從正面接下猩紅野牛的衝擊……看起來似乎成功了。然而，巴茲的力氣似乎無法負荷，便被撞到了牆邊。此時安全裝置啟動，猩紅野牛的幻影消失無蹤。

他搖搖晃晃地站了起來，不知為何一臉自傲地開口：

「……真、真是可惜啊……！」

「可惜什麼啊！混帳東西！真是的！」

鎧札爾慌忙趕來，確認巴茲平安無事之後，揮下拳頭發出厚重的聲響。

看見巴茲吃痛卻一聲不吭，倒在地面的狼狽模樣，艾因不禁笑了。

「怎麼說呢？該說是有骨氣，還是說他性格表裡如一……」

艾因一邊自言自語一邊走向前去。

他打開門走了進去，站在倒在地上的巴茲身旁。

「你很帥氣喔，巴茲。」

「喔？果然嗎？哎呀……我們真是意氣相投啊！」

「意氣相投什麼！你們這些蠢貨！我在叫你們認真點訓練啊！」

訓練的尾聲沐浴在十分熱鬧的斥責之中。

在那之後艾因沖過澡，為了和克莉絲會合便離開了學園。

——前些日子的騷動恍若夢境，今天的學園都市展現出一如往常的平穩。

位於距離王立君領學園不遠的露天咖啡座。

「陛下可是非常擔心您啊……？陛下在艾因殿下看不到的地方面露慌張，那神情甚至連我們都從未見過。」

這可是祕密喔？克莉絲最後這麼說道。

「爺爺那麼擔心？」

「是，雖然陛下表面上是位威武莊重之人，但畢竟——對象是第一位孫子啊。」

自己可真是做了壞事啊。艾因針對前幾天發生的事件再次反省。

（不過，這三明治可真是好吃。）

和王城的餐點相比非常樸素。但他點的這份三明治有鮮嫩的蔬菜和具備嚼勁的肉，以及這重口味的調味都符合艾因的喜好。

「克莉絲小姐不吃嗎？」

「我在王城吃過才出門，目前在執勤中。」

「……妳不用客氣沒關係。」

「艾因殿下真是溫柔。不過，若是認得艾因殿下是王儲的人，看到您與護衛同座共享餐點——可能會被誤會成我看不起艾因殿下喔？」

聽了她的回應，艾因不情不願地點頭，轉頭吃著他的三明治。

「今天有幾個科目都出了作業，這座學園的作業會不會太難了啊？」

「王立君領學園是伊修塔利迦的最高學府……我想這也莫可奈何。」

她望著從書包裡拿出來的一疊紙說著。

「等回到王城，我們一件件完成吧。」

「不過……明明天氣這麼好，為何我卻會覺得難以動筆呢？」

「面對這樣的艾因殿下，我有項建議。」

難道是有什麼不錯的學習方法嗎？

艾因帶著期待的眼神望向克莉絲。

「拚命動筆就是通往正確解答的捷徑。」

「——原來如此。嗯，這真是好建議，超棒的。」

「啊哈哈哈……那個，我會為您加油喔。」

無奈點頭的艾因捲起紙張。

再加上今早剛發下來的學園都市對抗賽的資料。艾因的視線落在資料上。

「這麼說起來——」

他喝了一口紅茶，改變話題。

「這是老師突然說的，學園都市對抗賽是什麼活動啊？上面寫所有學園，所以我想和我們學校應該也有關係。」

「沒有喔？很遺憾，王立君領學園的一班和二班不算在內。」

「……咦？」

「這是由於同屆之間實力過於懸殊而採取的措施。王立君領學園能參加的只有三班以下的學生。」

很直接地被告知「和你無關」，艾因的臉不禁抽搐。
經她這麼一說，艾因也理解了。難怪一直到今天，老師都沒有做任何說明。
「不過，迪爾應該會和劍術優勝者進行交流賽。雖然是最後一天，不過我想您可以去觀戰。」
「那麼……我就專心期待這件事吧。」
應該說，他也只有這一點樂趣了。
虧他還想說要舉辦有趣的活動，卻被告知和自己無關，讓他的興致一下子下降。
吃掉剩下的三明治後，他聽見幾名靠近座位的女性的聲音。

「──啊。」
「──咦？」
艾因不經意地與其中一人對上了眼。
是庫洛涅。身穿禮維女子學園制服的她，和幾位看起來像是朋友的人待在一起。
艾因不禁將視線從她身上移開，猶豫自己該怎麼做。
「……唔！」
庫洛涅嘟起嘴，她的表情表達了不滿。說句話……打個招呼有什麼關係？那表情彷彿這麼控訴著，不過在他補救之前移開了視線。
「克莉絲小姐，妳覺得我做錯了嗎？」
「啊……啊哈哈……那個……她大概是希望您至少能點個頭吧？畢竟這裡中間有個小花圃，和其他座位也離得很遠，我想大概也不會很醒目……」

「原來如此，有道理……」

就在兩人這麼對談時，庫洛涅和朋友們在隔著花圃的另一頭坐了下來。

「庫洛涅小姐，您要點些什麼嗎？」

「是、是啊……這個嘛，我……那個——」

莫名感到尷尬。

該怎麼辦呢……說真的，怎麼辦才好？艾因感到迷惘。

「我想庫洛涅大人並沒有在生氣喔？」

「我想她是沒有生氣，不過她剛剛看起來很不滿吧？」

「……」

「被妳這樣以沉默肯定，真讓人難受。」

雖然不是害怕，不過看到她這麼不滿，感覺回到王城之後她好像會做些什麼。

主要是會做出迷惑艾因心靈的舉止。

「這麼說起來，我就是在這附近獲得王儲殿下的幫助呢！」

「哎呀！那段佳話我也聽說了。據說殿下英勇現身，一下便將不法之徒打倒在地。」

「我聽說最後是近衛騎士團副團長大人收拾掉的，真是位十分勇敢的大人啊！」

艾因聽見讚賞的聲音。

這麼說起來，前陣子就是在這附近幫助女學生呢。

「看來前幾天的女性似乎也在場。」

「真是巧啊……嗯，好巧。」

如果就這樣回王城，感覺也會在庫洛涅心裡留下不好的印象。
不過從這對話的流向來看，事到如今要艾因出面打招呼也會令他感到卻步。
「對了！庫洛涅小姐十分了解王儲殿下吧？不嫌棄的話，能和我們聊聊王儲殿下的事情嗎？」
（怎麼說呢……好像開始聊起最不適合現在情況的話題了。）
他能想像庫洛涅現在的表情。
「……這個嘛。」
如此回應的她，恐怕會有一瞬視線往下，先露出失笑般的表情後，在下一個瞬間又抬起臉來，面對大家露出開朗的微笑吧。
「他大概是位有點淘氣的紳士，與大公主殿下的感情深厚，我總是看到他們兩人感情融洽地待在中庭。」
女學生們興致勃勃地聽著庫洛涅述說。
艾因自然是坐立難安。雖然克莉絲原本想去阻止，不過庫洛涅很絕妙地沒有訴說艾因的不是，於是她也沒有前去制止她。
「不過……王儲殿下十分溫柔。他會體諒任何人，也是位非常有勇氣的紳士——能夠待在這樣的殿下身邊，我感到至高無上的幸福。」
最後，克莉絲也露出了微笑。
「您覺得如何？若感到害臊，我可以去制止她喔？」
「……不，不要緊。而且我自己去講似乎比較好。」
一口氣喝完剩下的紅茶，艾因吐出一口氣。

「庫洛涅小姐和王儲殿下有機會說上話嗎？」

「我也很在意。兩位會聊些什麼呢？」

「該不會您拒絕諸多邀約，就是因為對王儲殿下……？」

面對連珠砲一般的問題，庫洛涅也露出傷腦筋的模樣歪了歪頭。

她深吸一口氣，準備小心翼翼地選用恰當的言詞回答。在小花圃內側的艾因站起身來。

他迅速踏出步伐，靠近庫洛涅的座位。

「——若話題能就此打住，我會很感激的。」

艾因站在她的座位旁，在她回應笑得一臉開心的女孩們之前開口。

「他都這麼說了——那我就說到這裡吧。」

是在為剛剛的行為道歉？艾因感覺抬頭仰望他的庫洛涅彷彿這麼說著。艾因點點頭表示「沒錯」，她便勾起唇角，將惹人憐愛的臉蛋朝側邊轉去。

女學生們瞬間露出感到奇怪的表情，朝走來的少年看去。

不過，她們馬上便發現來的對象是艾因——也就是王儲這個事實。

「王、王儲殿下……！」

「不會吧——您怎麼會在這——不、不對！這不重要……前幾天您從暴徒手上保護我，我真的很想向您致謝……！」

「啊、嗯……我不在意，不要緊，也沒什麼大不了。」

面對她強烈的氣勢，艾因選用安全的言詞回應。

接著，他看向一臉若無其事的庫洛涅。

「庫洛涅，能拜託妳接受淘氣王儲的邀約嗎？」

「不，只要是殿下的邀請，就算在這樣的地方我也不介意喔。」

「好好好……畢竟我是淘氣的王儲嘛，就算是在這樣的地方，我也會毫不介意地邀約。」

千金們擔憂地看著艾因。

說不定殿下聽到庫洛涅的話，感到憤怒了。

不過庫洛涅握著艾因伸出的手並站了起來。

「妳今天要回王城？」

「是啊，因為有沃廉大人的課題要做。」

「那麼正好，我們一起回去吧。」

「呵呵……這是在為你不理我而道歉嗎？」

「嗯，差不多就是那種感覺吧。」

艾因和庫洛涅兩人以熟稔的態度聊起天。

雖然庫洛涅面對王儲的態度是一回事，不過王儲展現出來的親和力，也引起女學生們的興趣。

「各位，真的很抱歉，不過我今天到這裡先失陪了。」

對呆愣的千金們低頭致意，庫洛涅在艾因身旁踏出步伐。

兩人和克莉絲會合後，三人便並肩前進。

——那位庫洛涅小姐和男士如此親近……

——難怪至今為止拒絕許多邀約……

在離去時，庫洛涅朋友們的聲音傳了過來。

至少王家沒有公開艾因與庫洛涅是什麼關係，而目前也**尚未**有公開的預定。

「兩位，若只是像今天這種對象面前是無妨——」

艾因在心裡默默感謝克莉絲沒有插嘴，而是在一旁守望他們。

兩人雖然都沒有說出來，不過能像這樣在學園都市見到面，大概都感到很高興吧。想到這一點，克莉絲便不打算強烈譴責。

看著開心的兩人，她實在沒有那種興致。

「——哎呀？包包裡突出來的那個是……作業還是什麼的嗎？」

「對啊，因為很困難而感到沮喪，克莉絲小姐便給我建議……說只要動筆就能解決了。」

「真是美好的建議呢，那是最棒的捷徑了。」

庫洛涅湊近艾因略帶不滿的臉望著他。

接著，她從艾因的包包中抽出作業，看了看內容。

「內容是這樣的話不要緊，等回到王城，我來教你吧。」

「咦……庫、庫洛涅……妳會做啊……？」

「畢竟我比你年長啊。而且，我可是也有在努力喔。」

「……還請手下留情。」

雖然他不喜歡老是單方面接受教導，不過今天就依靠她吧。

看見艾因不甘心地點頭，庫洛涅和克莉絲兩人溫柔地綻放笑容。

◇　◇　◇

同一時刻，在學園裡的迪爾也正準備要離開學園。

他也結束了今天該做的事情，接下來預定要前往王城參加騎士的訓練。

他從校門內側眺望學園外視線可及之處。

「……剛剛的男人們是……？」

迪爾的視線彼方有四位陌生男子，他不禁發出不悅的聲音。他們死死盯著這個方向掃視後，帶著令人厭惡的陰險笑容離開。

其中僅有一名男人身穿顯眼的灰色斗篷，其他三人的服裝沒有統一性。

從服裝和行為舉止來看，真是不適合這座學園都市的四人組。

「……」

迪爾腦中閃過前幾天艾因打倒的沒落冒險家。

那些人還有其他夥伴？不過看起來不像特地過來尋仇。迪爾不禁跑了起來。

他往男人們離去的方向前進，也就是一排建築物的後巷。

——他腰間佩戴的劍，其刀刃甚至可以用來殺人，是相當出色的武器。

這不辱古雷沙公爵家的逸品，是父親羅伊德贈送的禮物。

帶著這把讓他感到可靠的夥伴，迪爾迅速奔跑追上男子們。

然而——

「不見了……？跑去哪裡了？」

進入暗巷，轉了幾個彎之後抵達盡頭。

不知道男子們逃往哪裡，迪爾不禁輕聲咂嘴。

「……必須報告給父親大人。」

這陣子，學園都市有些奇怪。

雖然有股異樣感，覺得似乎漏看了些什麼，不過迪爾最後離開了後巷。

他離去後，屋頂上馬上傳出聲音。

「唉唉……真麻煩。那個男的有點麻煩。他的直覺很準，動作也不錯──他當天會在哪裡？」

「他不會在學園裡。他似乎要參加對抗賽的交流賽，人大概會在競技場。」

「那不錯。麻煩的劍術教官當天也不在……呼，看來似乎可以輕鬆執行，太好了。」

「是啊，委託人也會滿意的吧。」

男子們一臉滿足地說完後，便和迪爾一樣離開後巷。

◇　◇　◇

「看來，馬格耐斯侯爵家似乎相當揮霍啊。」

這是場有許多貴族參加的重要會議。

議題內容主要是行政和擬定法律等各種事項。

其中，辛魯瓦德望著貴族的收支，看到支出格外惹眼的馬格耐斯侯爵家，並開口提起。

而當事人馬格耐斯侯爵家缺席。當家捎來聯絡說自己搞壞了身子，因此沒有出席。

「確實，看起來花費不少。」

「有什麼不妥當的……」

會議室不悅的聲音四起，羅伊德卻要大家肅靜。

「這沒什麼大不了的。我想應該是為了修繕宅邸吧？畢竟馬格耐斯侯爵家的宅邸相當老舊。」

「……喔喔！經你這麼一說確實是。」

「古雷沙家和馬格耐斯家有深厚來往，既然元帥閣下都這麼說了……」

眾人皆表示理解的意見，完全多虧了羅伊德的發言力之高。

在王城內特別有發言力的，以辛魯瓦德為首，還有沃廉、羅伊德——以及王族的人們。在這個大國之中，所謂的發言力比想像中的還要沉重。

沃廉一邊撫著鬍子，不可思議地問道：

「不過，若是這樣的話應該會上報才是。沒有任何報告會讓人產生疑問呢。」

「應該是他忘記了吧？沒什麼大不了的，我近期去造訪他吧。」

「……這樣啊，那麼就等羅伊德閣下的報告吧。」

其他貴族們不會對此插嘴。

他們只是靜靜地聽著兩人的對話。

「嗯——雖然羅伊德這麼說，不過難道不應該送去給監察官調查嗎？」

「陛下的話也十分正確……這個嘛……」

聽到這番話，羅伊德的表情閃過一絲緊張，一邊的眉毛瞬間斜斜地抖動了一下。

沃廉確認了那動作後開口：

「……不，大概沒問題吧。這次就先交由羅伊德閣下處理。」

呼。羅伊德放下心，呼出一口非常非常小的氣。

下個瞬間，他發出符合他作風的大笑。

「哈哈哈哈！沒什麼，我想他們大概只是忘記報告了，就由本人順道過去好好斥責他一番吧！沒有必要多浪費人力在這件事情上！」

「嗯，那麼朕就將這件事交給羅伊德處理——喔，看來時間正好到了呢。」

辛魯瓦德使了個眼色，並對沃廉下指令。

「今天的會議就到此結束。非常謝謝各位今天齊聚一堂。」

貴族們也跟著說出致謝詞。

在大家離去的時候，羅伊德連忙說道：

「陛下、沃廉閣下，屬下還有點事情要辦。不好意思，屬下今天就先——」

「我明白了。那麼羅伊德閣下，明天再見吧。」

「辛苦你了。」

「是！屬下先行告辭……」

望著與貴族一同離去的羅伊德，辛魯瓦德開口：

「你怎麼看，沃廉？」

「……那態度不怎麼符合羅伊德閣下的作風啊。」

沃廉懶洋洋地撫著鬍鬚。這是他思考事情的時候會出現的動作。

辛魯瓦德沉默，靜靜地等待他的判斷。

「臣會稍微進行調查。陛下能將此事交給微臣嗎？」

「無妨。」

「那麼——臣會盡力。」

兩人緩緩地望向窗外，直到剛剛還一片晴朗的天空浮現出烏雲。開始染上灰色的天空，彷彿代表了兩人不明朗的心境一般。

學園都市對抗賽

天空綻放著煙火。

學園都市對抗賽最終日——一年中，學園都市最熱鬧的日子到來了。

（雖然與我無關就是了。）

他今天預定單純來享受活動。雖然他並不是沒有參加劍術大賽的心情，不過既然不能參加，那只要去享受其他事情就行了。

出了學園都市的車站，在不遠的地方，迪爾看起來很抱歉地開口：

「那麼殿下，非常抱歉，在下就先失陪了。」

「了解，我會為你加油喔。」

「——感謝您如此振奮人心的話語。」

好死板。迪爾今天也好死板。

甚至讓他覺得，他的耿直又更經淬鍊了。

——不過……

「我說啊，迪爾你該不會是……」

大概是因為最近這段時間都和他一起行動，艾因覺得自己似乎開始了解他表情的差異了。

就艾因的角度來看，他現在的表情並不只是死板……

「是，怎麼了嗎？」

「你在緊張啊？因為今天的交流賽。」

「唔……！」

似乎是被他猜中，迪爾瞪大了眼睛。

「您、您為何會知道……？」

「只是隱約覺得你好像在緊張。」

「也就是所謂的直覺嗎……真是慚愧。看來讓您看到在下不成熟的一面了。」

「沒有那回事啦。不過，一想到原來迪爾也有會緊張的事情，我好像感到放心了。」

「這、這究竟是什麼意思……？」

不禁露出忍笑表情的艾因完全沒有回答，因此讓迪爾感到著急。

「如果你願意叫我的名字我就告訴你。如何？」

交換條件。

艾因感覺現在可以成功——

「在、在下以前說過……不可以這樣。在下不過是一介護衛，雖感惶恐，不過容在下多次提醒。」

「行不通啊……好吧，那我下次再挑戰。」

「無論您詢問幾次，在下的回答仍然不變……那麼，在下再次向您道別。」

最後找回一如往常的死板，迪爾的步伐帶著與平時不同的莫名緊張離去。被留下來的艾因走向在附近等待的兩位女性。

「久等了，庫洛涅、克莉絲小姐。」

等待的兩人表情大相徑庭。

庫洛涅一臉喜悅的表情，克莉絲則面露詫異。

「光是和艾因待在一起，就會那麼快產生改變呢。」

「……真是令人驚訝。那個迪爾竟然會表露出一絲情緒……」

尤其是以克莉絲的角度來看更為震驚，畢竟她了解迪爾至今為止在訓練時的表現。

艾因得意地笑了。

「但他就是不願意叫我的名字呢……」

雖然摻雜不甘心，不過他的表情開朗。

接著，兩人跟著向前邁出步伐的艾因走。

「等等要做什麼？」

「這個嘛……距離迪爾的交流賽開始還有段時間，在那之前兩位有自由時間，可以自由參觀活動。」

「雖然現在才說有點晚了，不過庫洛涅什麼都不參加嗎？那個，比如辯論之類的。」

「因為我沒有興趣啊。難道獲得優勝，艾因會給我什麼嗎？」

「……或許會摸摸頭之類的吧。」

艾因沒有想到什麼特別的禮物便這麼回答，接著庫洛涅不禁笑出聲。

「早知道我就去參賽了。真是的，這樣的話你應該要先跟我說啊？」

虧他嘗試稍微強勢點說話，結果馬上敗北了。

艾因感到害臊，不禁加快走路速度。

「好、好了！不快點就沒有時間閒晃了——快走吧！」

看著艾因拚命掩飾自己的模樣，走在後面的兩人掩嘴而笑。

◇ ◇ ◇

這場學園都市對抗賽每年都十分熱鬧。

尤其是最終日，這一天又更加歡騰。

這是因為在接連幾天舉辦的對抗賽中，最熱鬧的活動即將開始。這被譽為學園對抗戰的重頭戲，以國王辛魯瓦德及元帥羅伊德為首的大人物，都會前來觀戰。

現在的人潮是一年之中最多的。若換個角度來看，要找到可疑人物也得費一番工夫。

某棟建築的屋頂坐著一名男子。

「唉……真麻煩。這邊是強襲部隊（Sword）……狀況如何？」

身穿灰色斗篷的男子。

他和前幾天一樣，一臉厭煩地開口，對著握在手上的小型魔具說道。

能夠容納在掌心的魔具有著像是小筆記本一樣的形狀，打開便能看到裡面只寫了幾組號碼，只要按下號碼便能聯絡上相對應的魔具。

這個魔具平時會用來告知水上列車的運行狀況，或是王城裡的人們會用在近距離聯絡。

這是基本上不會在市面上販售的魔具。

『這邊是鎮壓部隊（Shield），即將抵達預定位置。』

「真是太好了。這麼麻煩，我想早早回家。」
『那我們就迅速解決吧，這樣也能拿到委託人的錢。』
「……啊──那真不錯。雖然很麻煩，不過讓我有點期待。」
接著，他一臉厭倦地望向時鐘。
時間是──
「好，時間到了。麻煩讓我能輕鬆點啊。」
『了解。』
他闔上魔具發出「啪噠」的聲響，剛剛還聽得見的聲音頓時消失。
他慵懶地點燃雪茄，看了一眼王立君領學園，露出賊笑。
兩顆銳利的牙齒自上唇露出。
他抽完雪茄後，看似厭煩地踏出腳步。

◇◇◇

街上有許多攤販，艾因尤其中意的是串燒。那食物實在香氣四溢。
庫洛涅和艾因去看了許多活動，也樂在其中。接著他們朝最終目的地──散發更加熱鬧氣氛的競技場前進。
「真是熱烈的歡呼。」
「嗯，也超乎我的想像──而且競技場實在太大了。」

競技場由好幾個粗高的圓柱並排，形成一個圓形。

不知道面積大概有多大？艾因環顧這一帶，競技場大到甚至可以容納一座小城堡，而圍繞四周的廣場也十分寬闊，大到簡直讓人都懶得走路了。

「有空的座位嗎？」

「……艾因殿下？陛下也來觀戰，當然有為王族專設的座位。」

「啊、嗯……妳說得對。」

雖然是理所當然的事，不過對於因為是王族而有的特殊待遇——他有時還不習慣這點。

面對半帶無語的克莉絲，艾因不禁苦笑。

看了看時鐘，距離迪爾的戰鬥大概還有一個鐘頭的緩衝時間。

現在應該還在決定迪爾對手是誰的階段。

「——克莉絲小姐，把庫洛涅送到爺爺他們所在的地方之後，可以去一趟我的學園嗎？」

「要去王立君領學園嗎？您有什麼要事嗎？」

「不，雖然沒什麼大不了的，不過我有樣東西忘記帶，想過去拿。」

老實說，要再找別天去拿也很麻煩。

所以他才會想要利用現在這段時間過去拿。

「我明白了。那麼就先送庫洛涅大人到位後，我再陪同您一起過去。」

「唉……艾因真是的，竟然會在這種時候去拿忘記的東西。」

「抱歉抱歉。我馬上就回來，妳先坐著等我。」

「……好好好，要快點回來喔？」

在那之後三人馬上進入競技場內部，僅留庫洛涅一人待在辛魯瓦德一行人的座位。艾因就那樣在克莉絲的陪伴下來到外面。

——他之所以會走得比平常快，是為了不讓庫洛涅等太久。

競技場距離王立君領學園不是很遠，兩人僅花不到五分鐘就抵達了。艾因讓克莉絲在校門等待，告知她自己會馬上回來，並踩著急忙的步伐走入校園。

「……必須快點回去。」

走廊上，只有艾因一人走著。

學生數量較少的這座學園，此時給人比平常還要更加寬闊的感覺。

喀嚓、喀嚓。唯有艾因的腳步聲迴盪在此。

「……」

總覺得氣氛不一樣。

為什麼？是因為只聽得見艾因的腳步聲在迴盪嗎？還是有其他理由？

不，是後者。現在的學園果然和平時不一樣。

「對啊，是因為沒有任何魔具啟動。」

各教室總是會發光的門扉也沒有動靜，甚至聽不到任何從外面傳來的鳥叫。這實在令人難以相信，不對勁不只來自沒有人煙這一點。感受到這不平穩的氣氛，艾因停下了腳步。

剎那間，劃破空氣的嗡嗡聲響起。

艾因耳邊一聽到這個聲響，緊接著「啪噠」一聲，有人倒下的聲音迴盪在走廊。

◇◇◇

有位學生同樣也來學園拿自己忘記帶走的東西。

羅蘭，也就是在這座學園中，艾因值得紀念的第一位朋友。

這位少年現在位於熟悉的教室中，因恐懼而瑟瑟發抖。

「你、你抓我要做什麼……？」

他也和艾因一樣，是為了拿自己忘記帶走的東西而踏入學園。

然而，在他踏入教室後不久，就被在那裡的男人們給抓了起來。

「反正委託內容沒有這一項，之後我會釋放你的。」

「真……真的嗎？」

「啊啊……嗯。」

穿著灰色斗篷的男子慵懶地開口。

然而，他看了鬆一口氣放下心來的羅蘭，露出一抹下流的笑。

「還是算了。反正這也算工作報酬，我可以任意處置你吧？」

「咦……？」

「你啊，知道什麼是吸血鬼嗎？啊——說明很麻煩，拜託你可別勞煩我喔。」

「我、我我我……是知道啊……」

「我就是吸血鬼喔？很罕見吧？原本前陣子還待在牢房，現在終於獲得自由了……所以說……」

男子脫下斗篷的帽子。

他秀出看起來很不健康的蒼白肌膚，以及兩顆銳利的純白尖牙。

「你是狼人對吧？我沒有吸過狼人的血呢……可以嗎？」

他的視線上下掃視羅蘭，男子突然伸手抓住羅蘭的脖子。

「你……嗚啊——！」

「可以吧？真不好意思……不過我總是會不小心吸太多，很常就這樣殺了人，就算演變成這樣……希望你也能原諒我。」

「嗚……我、我……當然不要啊！」

他拚命掙扎。

羅蘭拚命揮開男子的手，離開他的身旁跑向窗邊。

他原本打算打破窗戶逃走——

「喂，你這傢伙，幹嘛做這種麻煩事……啊？」

要追上嬌小的羅蘭很容易。

男子輕易地追上羅蘭，在他逃到外面之前抓住他的衣服，將他給拋了出去。

「我已經好幾週沒有吸血了，這根本是酷刑吧？對吧？沒有比這還要更麻煩，更讓人厭惡的了……所以說，希望你別再讓大哥哥我傷腦筋了。」

男子懶散地靠近他。

羅蘭看起來似乎也認命了，終於流下眼淚，還不由得失禁。

實在太令人愉悅了！男子嘻嘻地發出下流的笑聲。

「那麼，我要開動——」
結束了。
羅蘭這麼想著，閉上了雙眼——就在這個時候。
嘰……隨著木頭摩擦的聲音響起，教室的門打開了。
「哦……原來不會自動開門的時候，門會發出這種聲音啊。」
「啊？」
男子的手放開羅蘭，視線轉向走進教室的人物。
「咦？羅蘭……還有……嗚、嗚哇……看起來很危險的人……」
走進教室的人是艾因。
他看著站在羅蘭身邊的男子，一眼就知道他是不妙的存在。
內心產生的情感大致上分為兩種。
一種是「你在對我朋友做什麼！」這般淺顯易懂的憤怒。
而剩下的另一種，則是「那是不能牽扯上關係的人種」這種單純的厭惡。
「……話說回來，外人是不能進來的喔。你是？」
他姑且這麼詢問。只是姑且而已，因為他大致能猜到等等會發生的事情。
「你……把在外面的大人怎麼了？」
「大人？啊啊，如果你是指突然揮劍砍過來的人——我也毫不客氣地打倒他們了。」
艾因冷靜地陳述，另一方面，他的心跳令人不悅地加快。

這個男子和在外面的傢伙相比，絕對要危險得多。感覺似乎要開始一場拚上生命的搏鬥，就算是艾因也光是要裝出保持平靜的樣子，就用上了全力。

他的脖子不經意地流下一滴汗。

「哦？小孩子把我的夥伴打倒了？你還是不要說謊比較好，不可以惹大人生氣。」

「……你在意的話就去確認看看吧。那邊那位是我的朋友，你願意從他身旁離開的話，我也不會不高興。如何？」

「如果我說不要呢？」

果然啊。

雖然想問他到底是誰，不過在那之前有必須要做的事情。

艾因做好覺悟，拔出腰間配戴的漆黑短劍。

「那我就強硬讓你離開他吧……！」

「——哦？你……真是快啊。」

男子在艾因拉近距離之前察覺到危險，離開羅蘭身邊重整姿勢。

接著大概是因為有人來幫忙而感到放心，羅蘭失去意識昏倒在地。

「你是誰？來這間學園做什麼！」

「你很在意嗎？真拿你沒轍……至少告訴你名字吧。」

「有什麼好神氣……唔——！」

男子白皙的掌心放出一顆大球。

在落到地面的同時，艾因身邊產生濃煙。

「我叫弗烈德，是吸血鬼。多指教啊。」

側踢一閃而過。

艾因毫無防備的側腹遭到重擊。

「唔……呼啊……！」

「我本來在當冒險家，也因為這樣，我學到要對你這樣的對手保持警戒心。」

仔細一想，以前鎧札爾也曾說過一樣的話。

對艾因來說，這是至今為止他從未經歷過的戰鬥方式。

（不過……既然羅蘭昏倒了，那麼……用出來也沒關係。）

他要使用杜拉罕的力量。他點點頭，決定不留一手。

艾因起身，重振士氣。

弗烈德的身影消失在煙霧中。艾因集中所有神經在他的氣息上。

「那我也不放水了。」

「啊？喂喂喂！我還想說你這小鬼突然說些什麼……你可別太得意忘形喔？小心我把你綁起來，把你的血全部吸乾，怎麼樣？」

「……光是想像就好噁心，我就免了。」

艾因開始找回平時的步調。

一決定使用杜拉罕的力量，那就像鎮靜劑般起了作用。

艾因冷靜地從背後放出幻想之手，整隻手像是血管在收縮般脈動。

「別那麼客氣嘛，我來把你——啊？什麼？你後面的——」

你後面的手是？

在弗烈德這麼詢問之前，幻想之手便將他往牆上敲。

「啊呼……！」

「還不會結束喔。」

他對羅蘭做了過分的事，而且還準備做更過分的事。

無法平息憤怒，艾因的幻想之手朝著男子的腹部筆直伸去。

「……好硬？」

然而觸感十分堅硬。

簡直像是打到鐵製的盾牌一般，毫無手感。

「冒險家可是很小心翼翼的！」

他藏在腹部的是吻合身體曲線的金屬板。

確實是很小心翼翼，不過對弗烈德來說狀況並沒有改變。艾因伸長幻想之手打破附近的窗戶玻璃，

教室裡的煙霧漸漸散去。

「投降吧，你已經沒有勝算了。」

能夠使用杜拉罕力量的艾因，其強大程度可以讓他如此斷言。

「喂喂喂！要我再回到那臭氣熏天的牢房裡？要說傻話也該差不多一點……！」

男子朝著艾因扔出鐵板，趁隙準備要逃跑。

「怎麼可能讓你逃走！」

鐵板反而被幻想之手抓住，並被反丟回去。

飛出的鐵板重重打在弗烈德的腳上，他的頭就這樣順勢撞到地面。最後因為腦震盪而失去意識。

「唉唉……到底發生了什麼事啊？」

艾因靠近羅蘭，搖了搖他的身體。

「啊……艾因同學，那傢伙呢？」

「我打倒他了，所以你不用擔心……不過，我可以問你發生了什麼事嗎？」

「你說打倒他了，那怎麼可……是真的！」

羅蘭發出驚叫，不過比起這一點，現在的艾因有更想問的事情。

「羅蘭！那傢伙是誰！外面還有他的夥伴呢……！」

「你、你問我也不知道……啊，不過那個吸血鬼男說過！他們是為了工作來到這裡的！還有……對了！教授他們好像也被抓了！」

他了解到的就是待在這裡很危險。

必須快點出去，告訴克莉絲才行。

「你這個臭小鬼，在發什麼呆啊……該死的東西——！」

「——艾因同學！」

他意外地很頑強呢。

艾因反省自己沒能將他完全收拾，並伸手摀住羅蘭的眼睛。

「抱歉，這不能讓你看到，先維持這樣。」

「不能讓我看到，是指什麼……？」

「我不需要你的血！快點給我去死吧——！」

弗烈德撲向艾因背後。

不過，艾因頭也不回地再次伸出幻想之手。

這次他不會手下留情。他注入更多的魔力，新伸出的幻想之手又壯又粗，兩隻手同時伸向弗烈德的身體。

——這是沒有一點慈悲，也讓弗烈德毫無餘力躲避的強烈一擊。

「嘖……什麼啊……你這傢伙……啊……真麻……煩……」

他簡直要陷入教室的天花板。

弗烈德口出惡言後失去意識，接著無力地落下。

他重重落在桌子上，這次確實失去戰鬥能力了。

「我好像變得算強了……好，已經不要緊了。羅蘭，站得起來嗎？」

「是站得起來啦……剛剛的聲音到底是……唔！咦咦咦——！」

看到教室的慘狀，羅蘭高喊出聲。

他看了看不知什麼時候毀壞大半的教室，還有不知不覺倒地不起的弗烈德，對於到底發生了什麼事，羅蘭在意的不得了。

「抱歉，我不希望你發出那麼大的聲音……」

不過，艾因說的話是正確的，羅蘭不禁用雙手摀住嘴。

「我們先離開學園吧。與其讓我們處理，不如叫克莉絲小姐他們過來比較好。」

羅蘭點點頭，艾因便帶著他離開教室。

這附近有艾因剛才打倒的男人倒在地上，除此之外沒有其他增援。

他默默鬆口氣。

「快點吧，跟我來！」

「唔……嗯！」

艾因一鼓作氣衝出教室。

雖然有些在意被抓住的教授們，不過首先必須要把羅蘭帶到安全的地方。

轉過幾個彎，來到通往學園外面的出口附近時，他聽到了兩個男人的聲音。

「——距離啟動還有多久？」

「大概還有十分鐘。在那之前必須要和弗烈德先生會合，不然我們也會被捲進去。」

這還真是令人在意的對話。男人們就在前方轉角處。

無論如何，肯定都躲不掉。

「羅蘭，躲起來。聽好了，絕對不可以露出頭喔？」

「我知道……對不起，我什麼都做不到。」

「沒有那回事。我去去就回。」

他刻意發出腳步聲，艾因出現在兩個男人面前。

「你們剛剛談的內容能不能也告訴我呢？」

他能比想像中還要冷靜，恐怕是因為經歷過與弗烈德之間的戰鬥。

令人不悅的心跳加速不知不覺消失無蹤，他現在能夠冷靜地看著男人們的動向。

男人們看向艾因。

「你是怎麼到這裡的？」

「我打倒了叫弗烈德的男人。所以呢？啟動是指什麼事？」

「喂！雖然我不知道你是誰……！」

「不過是小孩，只要揍趴你再問話就行了！」

他們太小看艾因了。

和剛剛的弗烈德成對比，看得出來他們完全沒有一絲警戒心。

艾因想快點分出勝負，便放出幻想之手。男人們一同感到震驚，慌忙退後卻已太遲了。

「如果逃得掉，你們就逃逃看。」

宛如大蛇要勒斃獵物一般，幻想之手緊緊纏繞著兩個男人。

嘎吱、嘎吱……男人們的護具發出不協調的聲音。

「你們幾個是什麼人？不快點回答我就會勒得更緊喔。」

「我……我們只是被雇用的……沒落冒險家……」

「呃，喂！你幹嘛這麼老實——啊嗚！」

至少有一人乖乖聽話，幫了大忙。

似乎能很快得到答案，真讓人感激。

「目的是？為什麼要選這間學園？」

「不、不知道啊！我們只是被那個貴族僱用……很，很痛……」

「他只說跟這間學園有仇……對！我們只有聽說這件事啊……！對了！就連我們設置的陷阱，也在外面吃飯的地方附近——整個魔石放在那裡——！」

我們都已經回答了，快放過我們吧！艾因對兩人的這種態度感到煩躁。

他一時沒能忍住，幻想之手不禁用力過猛。

「唔——……」

男人們雙雙失去意識。

搞砸了。明明還有更重要的話要問。

「……和這間學園有仇的人物？」

艾因雙手抱胸思考，一下子就想起了某個人。

不過比起這件事，在艾因腦中揮之不去的是他們剛剛說的「大概還有十分鐘」這句話。從他們後面接的「我們也會被捲進去」這句話來看，可以知道他們設置的東西是危險物品。

（但是，我又能辦到什麼……？）

若是爆炸物，他沒有能夠解除的知識和技術。

話雖如此，在已經知道的情況下只顧逃跑，也讓他感到痛心。

「到底該怎麼辦……」

艾因既煩惱又迷惘，幾乎就要放棄。

然而這時，伴隨著全身的疲勞，他感覺到自己的身體像以前那樣，無關自己的意志開始渴求魔石。

簡直像是發現香氣般的孩子，被某個方向吸引。

「魔石的氣息……？不、不不不……怎麼可能感覺得到……」

就是有可能。

以艾因的力量來看，畢竟他過去曾無意識地吸收過能量，就算會知道魔石的方向也不奇怪。

如果那個東西釋放出龐大能量，縱使他會知道自己的身體渴求那樣東西，這也絕對不是什麼超自然的現象。

說不定——艾因探索了一下，發現了餐廳露天咖啡座的某個地方。

男人說過：「就連我們設置的陷阱，也在外面吃飯的地方附近——」

「難道，設置的危險物是運用魔石的裝置嗎……？」

這樣他就理解了。

以前凱蒂瑪曾讓魔具暴走導致爆炸。

「若使用的魔石品質很好，那就能有意圖地引發大爆炸……不只是學園，甚至能在學園都市留下巨大傷痕。」

剛剛昏倒的男人不禁說出「整個魔石——」這句話。

既然特意將魔石和裝置分開來準備，那麼爆炸規模肯定不小。

「我來做……不這麼做的話……而且，若是那個人的話——」

大概是因為思考時間所剩無幾，艾因行動的意志凌駕了思考。

接著艾因一邊想著憧憬之人，一邊下定決心。

「若是初代陛下的話，一定——」

他一定不會逃。因為身為艾因憧憬的他，是和魔王對峙並獲得勝利的男人。

若是和憧憬的人物完全相反，離開了這裡……

作為王儲或許是正確的選擇——但是他內心深處的不悅會蠢蠢欲動。

「羅蘭！快點過來！」

他連忙把羅蘭喊過來。若是距離剛剛的時間點還有大約十分鐘的緩衝，那現在剩不到九分鐘了。

艾因抓住奔跑過來的羅蘭雙肩開口：

「你聽好，我希望你快點跑出去……告訴克莉絲小姐，要她過來露天咖啡座。」

「咦……那艾因同學呢……？」

「別管了，你聽我說。然後，到時候你也要把學園內的騷動告訴她，這麼一來克莉絲小姐大概也會幫忙聯絡應該在附近的騎士。好了，快一點！」

「我知道了……！雖然我不是很確定，不過艾因同學說的是總是來接你的金髮的人對吧？你等等！我馬上去告訴她！」

感受到艾因的認真，羅蘭再次慌慌張張地跑了起來。

「我想做的事情，是我的任性嗎？」

這份正義感或許不是正確的。

艾因有王儲的職責。至少，像這樣冒著生命危險是愚蠢的行為。

但是——艾因用力地左右搖了搖頭。

「已經沒有時間了，還有被抓住的教授們……而且，這件事只有我做得到。」

如果初代國王也遇到同樣的場面呢？

若是他的話一定會去迎擊。他可是連魔王都會去迎擊的男人，這點小事輕而易舉。

「拿這些來當藉口，會不會太好聽了？」

他只是想做出初代國王會採取的行動罷了。

雖然是對自己有利的藉口，卻強烈撼動艾因的心並振奮著他。

◇ ◇ ◇

艾因來到了露天咖啡座，這裡卻也被不自然的寧靜所包覆。

角落的座位——有著巨大樹木和小小湖畔的座位坐著一名男子。

「這座學園變了。」

艾因靠近他，男人便如此悲傷地喃喃自語。

「沒有培育價值的平民到處蔓延，和貴族間的分界變得曖昧模糊……沒錯，就連像您這樣的人都已墮落。這裡已經變成了那樣的學園。」

從男人的打扮一眼就能看出其身分。他是貴族。

奢華的外套和鑲著醒目寶石的戒指套在他的手上，能讓人感受到他喜歡如此顯眼的打扮。不過艾因並不喜歡華麗的打扮。

「……這間學園錯了。為何像我們這般繼承高貴血統的貴族，必須要和像平民那樣的人們並肩而立？我做的事情沒有錯！錯的是那些傢伙……錯的是擁有腐敗思想的人們。」

他的文句抑揚頓挫，有著吸引人的魅力。

「也就是說，必須要對擁有腐敗思想的王政提出異議……沒錯，就是現王政。」

他冷靜地陳述著險惡的言詞。

男人的外貌並不差，不過他深信自己的正確而滔滔不絕的話語，使艾因感到不快。

「您不這麼認為嗎——王儲殿下。若是您的話，就能改變今後的伊修塔利迦。」

「我喜歡現在的伊修塔利迦。所以說**沃爾夫**，我沒辦法贊同你的意見。」
雖然是初次見面，不過他正是這個事件的幕後黑手。
看來艾因的猜想是正確的。大概是因為被說中身分，他的臉色也轉為吃驚。
「原來您知道我啊。我想我應該沒有向您攀談過。」
「沒什麼，只不過是我的預測命中罷了。」
「殿下果然是出色之人。還請務必給我傳達思想的時間。」
「……我不要。在這段期間你就會引爆了吧？」
沃爾夫的眉毛顫了一下後挑起。就連這種時候，時間也不斷在流逝，所以他並不想聊太久。
艾因輕輕咂嘴並詢問沃爾夫：
「你設了什麼機關？設在哪裡？」
「您見過弗烈德了嗎？不，若已經見過的話就不會來到這裡——」
「那傢伙已經被我打倒，最後就只剩你了。」
「……這麼突然，真是令人難以置信。我原本以為能打倒那傢伙的實力堅強者，整間學園也只有鎧札爾一人而已。」
「嗯，或許吧。所以你才會看準鎧札爾教官不在的這個時候吧？」
沃爾夫彷彿在嘲笑艾因一般開口：
「也就是說殿下很強。那男人是對好幾個冒險家下手的能幹之人，而殿下又比他更強。唔嗯……」
他一邊說著，一邊和艾因拉開距離。
一步，一步……他之所以會緩緩離開艾因，就是為了不被他打倒好逃離這個地方。

「……所以呢？我聽說他不久前從牢房逃出來。」

「是啊，是我幫助他逃跑的。」

怎麼做到的？不過艾因今天的思緒十分清晰。

（迪爾好像說過，沃爾夫被轉到負責管理騎士們日程的閒職。）

恐怕逃獄當天是輪到沃爾夫的手下負責看守牢房吧。

也就是從內側攻陷。他大概利用了自己被派發到閒職的優勢。

「這次的計畫十分辛苦。因為必須要新購買幾個魔具，那真的花費了龐大的金額……所以，我不會讓您妨礙我的。」

「哦？意思就是說，這是馬格耐斯侯爵家所有人一起計劃的？」

「請不要說無趣的話。我們歷史悠久的家世也已經被污染了……今天的計畫全由本人獨自進行。」

再怎麼腐敗也是擔任王立君領學園教職的男人。

思慮周詳的安排實在出色，陷害整間學園的智慧值得表揚。

「為了不讓我家族的人們妨礙我，我甚至費了苦心。」

「……你很了解魔物的毒來著？也就是說，難道你下了毒假裝臥病在床？」

「誰知道呢？不過我們家的廚師現在被關到監牢裡了呢。」

「原來如此，竟然讓人頂罪，真是壞心的男人。」

已經夠了。聽聞真相的艾因握緊拳頭，指甲甚至掐進肉裡。

「你做錯了，所以我決定要阻止你。」

艾因拔出漆黑的劍。聽到他說自己錯了，沃爾夫突然激動了起來。

「饒了我吧，我還有許多必須要做的事情堆積如山呢……！」

沃爾夫無情地從懷中掏出球形魔具並丟向艾因。

魔具一落到地面就會產生爆炸，衝擊波便會波及附近。雖然是很單純的魔具，但若是被直擊也會受傷吧。艾因躲開，為了迅速做出了斷深深吸了一口氣。

知道自己逃不了的沃爾夫持續攻擊。

「真正沒有價值的人究竟是誰——就由我來證明給您看吧！無論是父親大人還是兄長，還有這間學園的理事，我要讓大家明白……！然後最後，我也要徹頭徹尾地教導那個古雷沙家的長子！」

他的怨恨從迪爾的報告為起源，並朝向做出解除教職決斷的辛魯瓦德一行人蔓延。

雖然沃爾夫展現出冷靜的態度，頭腦也很聰明，艾因卻能馬上知道他的自尊心有多高。他對王家的忠誠心已經沒有絲毫殘留。

他現在的行動原理只剩下滿足自尊心這一點而已。

「……你在說什麼傻話？錯的人是你吧！」

艾因澈底無語。因為偏頗的思想產生的行動，其愚蠢程度簡直無可救藥。

「今天將會是新伊修塔利迦的生日……！我會率領高貴的血脈——」

「那一天不會到來的。已經夠了——我不想聽你說話。」

沃爾夫和弗烈德不同，並不習慣戰鬥。

他沒有在對峙上感覺特別辛苦，對方也沒有一點像樣的抵抗，輕易便讓艾因接近。

「以防萬一我問你，你在哪裡設置了什麼？」

「您究竟在說些什麼呢？竟然說我設置機關，我——」

那也是當然的，他不可能老實招來。

沃爾夫之所以沒有陷入慌亂，是他最後的毅力吧。艾因苦笑並反握短劍。

「您——」

「叩」地一聲，艾因用短劍的柄尾用力敲進他腰帶的帶釦。

衝擊力相當大。

沃爾夫雙眼翻白昏倒在地面，一瞬間便分出了勝負。

「得快點找裝置才行……！」

然而他環顧四周，卻沒有看到顯眼的裝置。

他唯一感覺到的，就是魔石的反應離自己很近。「到底在哪裡……」艾因不禁感到焦急。

已經只剩下幾分鐘的緩衝了——！

「喂！你到底裝在哪裡啊！」

無論是樹木的陰影、樹上、建築物內……不管哪裡都沒有看起來像是裝置的東西。

束手無策了嗎？艾因這麼想著，垂下了視線。

（那是——）

在他還沒懷疑那是自己眼睛的錯覺前，艾因便蹲下身體瞇起雙眼。

「找到了……！」

意外的場所就在小小的湖裡。

水十分清澈，甚至看得到水底，不過又因為水草阻礙了視線。

水草之間——透露出不純物的影子。

要怎麼停止？要怎麼吸收魔石？

僅僅只思考了一瞬間，在那之後，艾因的身體凌駕了思緒。

他拋下外套，一鼓作氣跳進水中。

（還好有發現。）

回想起來，這還是他轉生之後第一次游泳。

之所以能毫不費力地游泳，都是多虧了至今為止不斷經歷的訓練，鍛鍊出了這樣的身體吧。

（像是凱蒂瑪阿姨研究室裡的魔具——不過爐子很巨大。）

不自然地裝上的爐子，讓人聯想到燃木爐。裝置連著漆黑的磐石，那之中流露出幾絲宛如閃焰般的光輝。

艾因朝著爐子伸出手。

（這樣就結束了！）

絲毫無意減速，艾因用力吸收著魔石。

他開始漸漸感到膩味，是由於放在爐子裡的魔石並非便宜貨。為了讓魔具暴走，裡面放了幾個高品質的魔石。

錯綜複雜的味道讓艾因不禁心生厭惡。

過了十幾秒後結束了吸收，從箱子裡滲透出來的光輝消失，他確認現在的狀況已不需要擔心。

「……噗哈！」

剛才他是慌忙跳進水裡的，因此氣有點不足。

他趕緊浮上水面，讓身體脫離湖水踏上地面。

「結、結束了……雖然不是很清楚，真的不是很清楚……」

因為突如其來的騷動全身疲憊的艾因，呈現大字倒在地上後不久……

「——艾因殿下！您沒事吧？」

「我沒事喔……只是很累而已。」

來者是克莉絲，她用手臂扶起艾因倒在地上的上半身。

是羅蘭平安把她叫過來的。

「抱歉，我想妳應該很想罵我吧……但麻煩妳先去救助教授。」

「騎士已經前去了！馬上就會完成鎮壓！」

「啊，太好了……不枉費我這麼努力。」

「雖然我也想對您發脾氣，不過您的行為宛如勇者……站得起來嗎？」

「不要緊，我站得起來。」

明明騷動應該已經平息，不知為何艾因的心裡卻不舒坦。

要他說的話，艾因有種「騷動已經平息」這件事情本身是他的誤會的感覺。

「……」

艾因扶著克莉絲的手站了起來。

他瞥了倒在附近的沃爾夫一眼，心情仍然鬱悶。

「這應該是復仇。但是只針對這間學園執行這一點……再加上那傢伙並不是笨蛋，這一切怎麼可能這麼輕易結束……」

「艾、艾因殿下？您怎麼了嗎？」

「不，我感到很不可思議。該說是無法釋懷嗎？那傢伙比起學園，更想對迪爾和爺爺他們復仇。但是……卻只將目標放在學園，我不認為這樣他會滿足……」

——「今天將會是新伊修塔利迦的生日……！我會率領高貴的血脈——」

他的腦中浮現沃爾夫的宣言。

他為了達成計畫，最有效的一手是——

「唔——克莉絲小姐！還沒有結束！」

艾因撿起外套跑了起來。

他瞬間就理解自己毫不舒坦的理由。

「艾因殿下？」

他朝著學園外面奔去，克莉絲也跟在他的後面。

在跑出學園大門之前，艾因便將沃爾夫的目的，以及他想要做些什麼全部告訴了克莉絲。

「那、那麼，您的意思是他還設置了另一個魔具……？」

「沒錯！這邊的魔具不過是為了對學園復仇設置的！那傢伙……沃爾夫真正的目的應該是對迪爾和爺爺他們復仇！既然這樣——」

既然這樣，他主要的目標就在學園都市的競技場。

不只迪爾，還有辛魯瓦德和羅伊德等諸多高官聚集在此。若出現這麼多犧牲者，沃爾夫口中的「新伊修塔利迦的生日」就絕對不會淪為謊言。

艾因無視克莉絲提醒他很危險的話語，拚命地跑向競技場。

「大家有危險……！」

◇◇◇

艾因開始奔跑後不久。

迪爾參戰的交流賽在競技場上開始了。

不過他的樣子不同於以往，狀態不好。

「唔……！」

「怎麼了——為何一直展現出無力的劍術！」

在舞台上，迪爾不斷防守。

面對這預料之外的發展，羅伊德同時感到疑惑和心急。

「你在做什麼啊……迪爾！」

羅伊德坐在觀眾席開口。

坐在他隔壁的辛魯瓦德也有同樣的心情。

「嗯……對手是迪爾的童年好友啊。不過，實在不像是會讓他陷入苦戰的對手。」

「是、是啊……誠如陛下所言。只要他展現出平時的實力，縱使是其他學園同輩的最強劍士，迪爾應該都能輕易打倒才對。因為他不只是和王城騎士一起訓練，屬下至今為止也對他進行許多訓練……」

用一句話形容，迪爾現在的樣子實在舉止可疑。

他失去冷靜，還不停左右張望環顧四周。

此時，庫洛涅不經意地詢問沃廉。

「沃廉大人，該不會迪爾閣下——是因為艾因不在，所以狀態才會不好嗎？」

「怎麼說？」

「艾因明明說會馬上回來，卻完全沒有回來的跡象。所以我才會猜想，迪爾閣下會不會是擔心艾因發生了什麼事？」

「……經妳這麼一說，他的視線確實不斷瞥向這裡。」

然而艾因卻不在。

是因為護衛對象的艾因不在這裡，讓他感受到什麼不安穩的氛圍嗎？

迪爾終於被童年好友的劍士拿下一分。

「若真是如此的話，就代表迪爾開始對艾因殿下敞開心扉了吧。」

那真是令人開心的事情。

所以希望艾因能快點到競技場。

擔心你的護衛就在這裡喔。庫洛涅在心中呢喃道。

◇◇◇

同一時刻，終於抵達競技場的艾因，尋找著裝置究竟設置在哪裡。

有像剛剛那樣的魔石反應。不過若不知道設置在哪裡，就完全無法處理。

「艾因殿下，不可以。果然還是趕緊避難——」

「做不到！已經沒有時間了！」

「——但是！」

艾因徘徊奔跑在競技場周遭，仍然不顧克莉絲的制止。

要問為什麼，是因為有些理由無論如何都不能退讓。

「別但是了！如果這裡**有個萬**一，可不只爺爺和羅伊德先生他們！還有庫洛涅也是，一個不小心庫洛涅也會……！」

艾因露出至今為止從未出現過的認真眼神，讓人自然而然想遵從他——沒錯，他釋放出讓人聯想到去年王城宴會中的霸氣。

面對肌膚感到被針刺般的魄力，克莉絲不禁退讓。

「……」

「而且能夠吸收魔石力量的人只有我。如果魔石以無法撤除的方式設置在裝置上，那就真的沒有其他處理方法了！」

完全無法反駁。

克莉絲開口，話語中摻雜了不甘心：

「我明白了，既然這樣我也跟著您。我也會賭上性命的。」

現在，作為騎士能夠做的如此而已。

若是競技場內只有辛魯瓦德在的話，克莉絲說不定就會將他與艾因強硬地拉離這裡了吧。

對克莉絲來說，這個結論是諸多情感左右為難之下得出來的。

「我今天再次體認到，不能放任艾因殿下一人。」

「……妳那句話不是在稱讚我吧？」

「是啊，那當然。若不跟在您身邊……您不知道會做出什麼事，這實在令人擔心。雖然奧莉薇亞殿下也很淘氣，不過艾因殿下又更加地淘氣了。」

「也，也沒那回事吧……？母親不也是獨自完成了國家間的交易——」

「不對。奧莉薇亞殿下當時避開了危險的事情。不過艾因殿下縱使自己陷入危機也不會停下來。」

聽她這麼說的艾因無法反駁，只能露出不悅的表情閉上嘴。

「啊哈哈……不過，雖然這話不能大聲發表，不過我認為艾因殿下十分勇敢。」

正因為站在必須阻止他的立場，她才會看起來難以啟齒地稱讚他。

「……與其說不愧是奧莉薇亞殿下的孩子，不如說……艾因殿下就是艾因殿下啊。」

明明處於如此危急的時刻，克莉絲卻對他露出溫柔又沉穩的笑容。

艾因不顧危險，為了拯救重要之人而行動的模樣。雖然年紀尚幼，不過他那樣的發言與行動，看起來顯得威風凜凜。

「艾因殿下，沃爾夫還有說什麼其他的話嗎？」

「……我記得他說了想要破壞現王政之類的話。」

「現王政……對了，說不定……」

一線曙光。克莉絲察覺到了什麼。

「競技場的後門附近有初代陛下的銅像！說不定沃爾夫也把怨恨遷怒到初代陛下身上——」

「就……就是那個！」

他加快了腳步。

每接近一步，艾因的身體深處便開始隱隱發熱，正向他傾訴變得更加強烈的魔石反應。

有了確信的艾因看向克莉絲的臉。

為何競技場的後門方向會有初代國王的銅像？這是因為以前曾有段時間，後門才是正門。直到建好了水上列車的車站，新建立的學園都市逐漸發展，不知不覺正門便換了方向。

後門的做工確實十分氣派，縱使放了初代國王的銅像也毫不突兀。

在大約五公尺遠處能看見巨大的銅像。

「克莉絲小姐！那裡！」

艾因感謝她的建言，並看向銅像的正下方。

難道都沒有人覺得奇怪嗎？那裝置和在學園看到的東西簡直一模一樣。

因為放置方式實在太過光明正大，因此走在附近的人們才會都不在意吧。也因為現在是比賽最高潮的時刻，走在後門附近的人簡直屈指可數。

黑色的磐石滲出了閃焰——

「唔……要來不及……」

「還沒有！還有我的力量……！」

克莉絲能夠使用魔法。

她擅長的是風系魔法，此刻在艾因的背後釋放強烈的風。

「不愧是克莉絲小姐！」

風精巧地托住他的重心，艾因在風的輔助下加速。

滲透出來的閃焰變得更加耀眼，「啪嚓！」一聲，眼看箱子即將破裂。

「這次真的結束了……沃爾夫！」

艾因的手貼上連接黑色磐石的爐子，吸收流轉在裡面的魔力。

「噗通」一聲，艾因感覺到巨大的跳動奔馳全身，滲透出來的閃焰漸漸地減弱威力，沒過幾秒爐子的內部就只剩下空的魔石。

「艾因殿下！」

「……不要緊。」

結束了……這次終於結束了。

艾因被明朗的心情包圍。今天這場騷動到此刻終於結束了。

因為他四處奔波，再加上多次使用力量，使他疲憊不堪。

艾因握著克莉絲的手，仰望天空大大地吐出一口氣。

◇◇◇

競技場被巨大歡呼包圍，因為現在的戰況可謂以下剋上。

從觀眾的角度來看，王立君領學園最強劍士這個稱號，也就等同於是這座學園都市最強的人。

那個人就是迪爾。而那位迪爾現在卻居於劣勢。

「唔……為什麼殿下不在？該不會是發生了什麼事？不，這樣的話父親大人和陛下為何會在……但是……」

也不見克莉絲的身影。

這讓他感到不安。該不會是發生了什麼突發事件？

「你幹嘛到處張望啊！」

「——唔……！」

因此他無法全心投入這場戰鬥。沒想到自己的精神如此不成熟。迪爾不禁露出自嘲的笑。

他和艾因的交情並不長。縱使如此，他對他抱持的情感絕對不是負面的。

會因「擔心」一詞而感到失落的脆弱，他憎恨自己的心靈。

「我要贏！我要贏過你，成為學園都市最強的人……！」

面對對手充滿氣魄的進攻，迪爾不禁被逼退。

糟了。他這麼想的下個瞬間，對手的劍便揮了過來。已經失了一分的迪爾，再失一分便會敗北。

——在歡呼的漩渦中，他聽見一名少年的聲音。

「迪爾！要贏喔！」

短短的兩句話。

他看向那聲音傳來的方位，是連接階梯觀眾席的通道。他在那裡看見了艾因的身影。

「殿、殿下……？」

艾因的模樣實在狼狽，縱使距離遙遠他也看得出來。

臉上沾滿灰塵，連褲子都髒了。一頭秀髮亂糟糟的，不管怎麼看都不像王儲。

不過他平安來到了這裡，這對迪爾來說是最重要的事。

劍與劍相撞，發出尖銳的金屬聲。

「抱歉，贏的人會是在下。」

「唔……你、你是怎樣……怎麼突然……！」

「在下為自己表露醜態道歉。所以從現在開始，在下就展現自己真正的劍術給你看吧。」

迪爾的劍術可用流暢一詞形容。親眼看到他的劍術，艾因不禁望著劍美麗的殘影出神。他的劍輕輕撫過對手的劍，以為他將失去平衡時，卻輕易地讓對手膝蓋著地。

——哇啊啊啊啊啊……！在瞬間的寂靜之後，迪爾沐浴在讚賞的音調之中。

「咦？迪……迪爾那麼強嗎？」

「當然。雖然他似乎到剛剛為止都在苦戰，不過畢竟他被交付了艾因殿下在學園內的護衛一職，至少不是會輸給學生的男人喔。」

「是哦……原來如此……」

「話雖如此，護衛對象比較強大這一點也令人感到無奈……不過這也沒辦法。」

畢竟艾因殿下實在太超乎常理了。

克莉絲說完之後，看向衣衫襤褸的艾因。

她從懷裡掏出手帕為他擦臉，感到搔癢的艾因不禁別開臉，克莉絲笑出聲地說著「您辛苦了」並瞇起眼看著他。

◇◇◇

以沃爾夫為首，騷動相關人物全數被逮補。

他們終究會被處以極刑吧，不過那又是另一回事了。縱使學園都市對抗賽過了一週，王城內仍然吵鬧不斷。

終於漸漸沉靜下來的今天，羅伊德和沃廉一同造訪了辛魯瓦德的房間。

「那麼，羅伊德。你接觸的人——」

「屬下已和沃廉閣下共享情報。哎呀，沒想到竟然能如此輕易接近他們，反而讓屬下感到有些失落啊！哈哈哈！」

「是啊，如此淺顯易懂的演技，可以說上當的一方實在愚蠢。」

前幾天在王城內的會議。

羅伊德庇護了馬格耐斯侯爵家，不過那是羅伊德情急之下的演技。

他瞬間想到會不會有協助的同夥，便試著表現出那樣的舉止。

「沒想到有兩個新興男爵家在協助沃爾夫。大概是因為下級貴族比較好拉攏……」

據羅伊德所說，他找到兩個答應要協助的貴族。

成功清除背叛者的沃廉暗自竊喜。

「馬格耐斯侯爵家的金錢流出是因為沃爾夫，而馬格耐斯侯爵家的人們之所以臥病在床，也都是因為那傢伙的錯。朕實在無話可說。」

接著，辛魯瓦德談論起艾因。

「不過艾因實在非常勇敢。話雖如此，作為祖父可真擔心艾因啊。」

換作是平常，他早已斥責艾因，身為王儲不可以做出這種事情，然而唯有這一次不能這麼做。因為被沃爾夫趁了戒備鬆懈的隙，再加上幫他更換職位時，他們下的判斷有誤。

在訓誡艾因華麗的行動之前，不得不先讚揚能獲得這樣的結果。

「那麼陛下，這陣子就告訴他您很替他擔心，這樣如何？不過，並非以國王的身分，而是僅以艾因殿下的祖父——這樣的立場。」

「喔喔！屬下也認為沃廉閣下說得很對！」

「……也是啊。雖然作為國王不能訓斥他，不過至少能告訴他作為祖父的擔心。」

前陣子的騷動真的十分危險。

這簡直可稱是空前絕後的危機，宛如政變。

「這麼說起來，朕曾詢問艾因是否要什麼獎賞。」

兩人對他的話十分有興趣。

「結果，他說要附帶護衛也可以，希望自己能夠自由上街。朕邊笑邊答應了他。」

「還真是客氣啊。」

「不過這確實也符合艾因殿下的作風……也正因如此，犬子迪爾的態度才有了改變吧。」

「好事真是接連不斷啊——那麼陛下，艾因殿下現在身在何處呢？」

在祥和的氛圍中，辛魯瓦德心情大好地開口：

「嗯，艾因現在應該在內部沙灘吧——」

——王城內部沙灘。

對艾因來說的日常，也終於在昨天歸來。

首先，聽聞此事的奧莉薇亞緊緊地抱住了艾因，就算他想回自己的房間也不放手。庫洛涅聽到他冒生命危險，一邊感到擔心，一邊也感謝他的英勇並抱了上去。

不平靜的日子接連不斷，他好久沒有在沙灘上悠閒度過時光。

「哎呀，這是……什麼呢？」

庫洛涅撿起某樣東西，也讓艾因看了看。

「雖然很漂亮，不過是什麼呢？石頭……好像也不是……」

是蒼白色且半透明的某種碎片。

因為感到在意，庫洛涅便將碎片拿到站在附近的奧莉薇亞身邊。

「奧莉薇亞殿下，這是什麼呢？」

「嗯？是什麼東西掉在地上了嗎？」

奧莉薇亞接下庫洛涅遞出的碎片。

「……這是在哪裡找到的？」

「是在那邊的沙灘上找到的……」

奧莉薇亞的表情一瞬間變得嚴肅，接著馬上變了回來，彷彿剛剛只是幻覺一般。

「我想一定是海洋魔物的鱗片吧——對吧，克莉絲？」

她用一如往常平穩的笑容，輕易抹去了異樣感。

靠過來的克莉絲接過碎片後，眉毛一顫地挑了起來。

「是、是啊……恐怕就是您說的那樣……庫洛涅大人，我想稍微做點調查，這個可以暫時先放在我這裡嗎？」

「當然沒問題。畢竟若是魔物的話可就危險了。」

「謝謝您。那麼，我先告辭……」

剛剛的對話就旁人來看，只是一段沒頭沒尾的閒聊。

庫洛涅立刻走向艾因所在的沙灘，開心地和他玩耍起來。

另一方面，克莉絲與奧莉薇亞交換視線後，悄悄地離開了沙灘，將接過的碎片帶到了王城內。

冬天的伊修塔利迦與生日

過了十一月，沃爾夫的騷動已完全成了過去。

最近，多了一位時常和艾因聊天的朋友。對艾因來說起源是某種緣分，他還記得兩人最初接觸時，那位朋友不顧自己身在教室，用差點就要跪下來的氣勢面對他。

回想起這件事，吐出些微白煙的艾因不禁笑了。

「哎呀，殿下。看來您今天的心情似乎相當不錯。」

開口的人就是新朋友。

他的名字是里奧納多，是上級貴族佛爾偲公爵家的長子。

雖然艾因一開始對他懷抱和迪爾相似的古板印象，不過他意外地是位開得起玩笑且能輕鬆聊天的少年，一頭細心呵護的秀髮介於褐色與金色之間。

其實他在進入學園之前就已經知道艾因的事了。

去年的宴會記憶猶新。

當時有位遷怒庫洛涅的貴族，那名貴族的子嗣就是這位里奧納多。

他對艾因懷抱著憧憬。明明兩人年齡相仿，他卻如此勇敢而具備男子氣概，面對成年貴族仍然散發出壓倒性的霸氣，里奧納多瞬間就被那身影奪去了心神。

他在教室裡謝罪，之後便時常和原諒他的艾因一起行動。

「還行啦，只是回想起一點事就不禁笑了。」

輕描淡寫地回應他後，艾因拿起放在桌上的茶杯。

坐在學園裡的露天咖啡座，也差不多開始感到愈來愈寒冷了。

「昨天佛爾偲公爵被沃廉先生叫到王城裡來，發生了什麼事嗎？」

「是啊，奧加斯特商會稍微起了些衝突。現有的幾個商會似乎找他們麻煩，那些商會也都是發言權不小的大商會……其中也有和佛爾偲家有來往的商會，因此沃廉大人想聽父親大人說說詳細情形。」

「原來如此，只是稍微蒐集一點情報啊。」

「您說得沒錯。正因為奧加斯特商會現在勢頭正旺，所以也有許多嫉妒他們的人。雖然這是我個人的想像，不過恐怕最近幾年，奧加斯特商會就算成為都城最有權威的商會也不足為奇。」

會長的名字為葛拉夫．奧加斯特。原本的家族名稱為奧古斯特。

於海姆發揮的流通技巧，在這伊修塔利迦也十分有用。他是沃廉給予極高評價的人才，也是甚至讓他說出「葛拉夫閣下生錯國家」這種話的逸材。

「明明設立不滿一年，沒想到竟然能像這樣掀起一陣旋風……這麼說起來，殿下認識奧加斯特商會的會長對吧？」

「畢竟發生了很多事。」

「……不如說和您感情較好的是那位孫女吧？」

里奧納多之所以難以啟齒，是因為去年父親對她做出的行動。

「不、不知道你在說什麼耶，庫洛涅我是認識啦……嗯。」

里奧納多聞言不禁苦笑。

佛爾偲公爵家的家系，代代不斷培養出法務局的權威。正因為如此他也接受了高等教育，並且家族為了讓他成為嚴格的人物而不斷栽培他。

不過，聊過天之後，意外發現他十分親切。

「久等了！我把大家的份都拿過來了——咦？你們在聊什麼？」

羅蘭走了過來，尾巴左右搖擺著。

「沒什麼，只是在閒話家常而已。」

這樣啊。看著開朗的羅蘭，艾因和里奧納多露出笑容。

稍微享用了些餐點後，三人前往教室。

◇　◇　◇

令一年級驕傲的成績最優秀的集團，一班的班導師路克走進教室。

他確認教室內早已抵達的十名學生，什麼也沒說便迅速提筆在黑板上寫字。

（……難得開班會，今天有什麼通知呢？）

他看向左邊，羅蘭也一臉吃驚。

過不久，寫完黑板的路克面向學生。

「看一看吧。這是你們年初要參加的學園活動。」

黑板上只寫了兩個大大的字。

——遠足。

看到符合低年級的活動，艾因不禁放鬆表情——然而……

「各位恐怕是誤解了，我們學園的遠足和其他學園的活動相比別具風格。糧食必須自給自足自行採集，也要注意魔物的威脅。」

（……什麼？）

「能帶去的東西也有限制。和飲食相關的東西、魔具、不必要的武器等等……簡單來說，你們可別想得太輕鬆。有問題嗎？」

全都是問題啊！艾因差點粗魯地開口詢問。

大家大概都有同樣的想法，許多學生也將上半身向前傾。

「不愧是一班，看來各位十分優秀，讓我也很有面子。」

路克的誤會也該有個限度。

學生們並不是理解了遠足的詳細情形，只是思緒根本就還沒有跟上。

「我們一班和二班會聯合舉辦，總計三十名學生參加。分組基本上是四人一組，不過也允許加入多出來的人變成五人小組。再來，會有最高年級的一班、二班其中一人擔任護衛，你們大可放心。還有艾因，你的組別已經確定會由迪爾護衛，先知會你一聲。」

「啊，是。」

畢竟迪爾是艾因的護衛，這樣也是理所當然的。

他一邊猶疑地回應並看向一旁，巴茲坐在對面角落的座位睡著了。那睡臉光明正大，完全不覺得自己會遭受責罵，臉上洋溢著幸福。

「呼——……哈——……」

「……實在太可恨了。」

「你說了什麼嗎，艾因？」

「不，沒什麼……」

看到鼻子都快吹出泡泡的睡臉就在眼前，他真想用力拍手把他叫起來。

羅蘭望著艾因的臉苦笑著。

「——那麼今天的班會就到這裡。各位要去參加課程或是研究都行，隨你們自由行動。關於遠足的詳細資料，日後會各自郵寄到你們家裡。」

和來的時候一樣，望著路克冷淡離去的背影，艾因的臉頰不禁抽搐起來。

——過了幾分鐘，學生們開始各自採取行動。

「四個人一組，這樣我們就三個人了吧？我、艾因同學、里奧納多！」

羅蘭向艾因搭話。

雖然聽了這被稱為遠足只讓人想反駁的說明，不過他仍舊露出歡喜的神情。

接著，里奧納多也靠近兩人的座位。

「看來會是不錯的小組呢。前提是……殿下不嫌棄的話。」

「我也覺得不錯喔。應該說，感覺我也想像不出其他組合。」

小組裡都是了解彼此性情的人，相處起來比較輕鬆。

再加上和他們去遠足，讓他有能開心的預感。

「我沒有其他認識的人了。你們有什麼第四位人選的頭緒嗎？」

「遺憾的是我也沒有。畢竟學園的人本來就很少——該怎麼辦呢？殿下如何？」

（咦？我只有兩個朋友嗎？）

感覺到一陣空虛，艾因感傷地看向窗外。

不，這不是還有一個人嗎？視線的彼端映照著悠哉貪睡的男孩身影。

「我好像有頭緒。」

艾因緩緩站了起來，走向貪睡的男孩——巴茲身邊。

兩位友人似乎理解了，便跟在他身後。

「巴茲，可以打擾一下嗎？」

「……嗯啊？喔喔，這不是艾因嗎？怎麼了？」

巴茲睡臉惺忪地揉揉眼並伸懶腰，喉嚨還發出「唔——嗯」的低鳴。

「可以的話，要不要和我一組？」

艾因不小心忘記談到主題，不過巴茲馬上察覺他的意思。

「好啊，你是在說遠足吧？」

「咦？原來你知道啊。難道你是邊睡邊聽？」

「不是呀，我本來就知道學園活動裡有遠足。」

「啊，所以你才……」

所以你才在睡覺啊。他理解了。

「喂喂喂，你那是什麼軟弱的回應啊？我也不是笨蛋喔？就算是我，也不會像這樣老是在睡覺。」

雖然他沒有瞧不起他的意思，不過艾因的腦中閃過之前猩紅野牛的事件。

「喂，里奧納多，你還記得我入學考試的排名嗎？」

「……嗯，我記得啊，你是總排名第三吧？」

同為貴族的兩人打過照面。

比起兩人說話的輕鬆口吻，艾因和羅蘭對巴茲的成績更感訝異。

「我、我是第四名……」

「那不錯呢。艾因第一，里奧納多第二。成績靠前的四人能在同一組，能輕鬆度過不也很棒嗎！」

巴茲這麼說完後，加了一句：「羅蘭，雖然我也是貴族，但你不用在意沒關係。」看來兩人似乎是第一次交談，不過從這裡能看出巴茲豪爽的性格。

「殿下，而且這個男人並非以武藝，而是以文科應試入學的。」

「你的腦袋真的很聰明耶，好厲害。」

「對吧？不過揮劍比較符合我的性情啦。」

巴茲雙手交叉放在腦後，靦腆一笑。

「反正跟著我們的護衛，肯定是古雷沙家的子嗣吧？他好像也在擔任艾因的護衛見習生，遠足說不定會比想像中更加輕鬆喔。」

戰力十足，小組的成員也都具備判斷力及知識。

這座學園的遠足別具風格。雖然路克留下了這麼一句話。

（意外地簡單呢……應該說，好像不會太辛苦？）

艾因看著可靠的成員們，認為這樣應該沒問題，並感到有些從容。

◇◇◇

如路克所說，過了幾天遠足的詳細資料送到了各自的家裡。不過也因為辛魯瓦德擔任最高理事，因此艾因若想確認內容，其實只要去詢問辛魯瓦德就行了。

學園休假的某天。

完成每日課題的訓練後，艾因沖過澡，在王城的走廊上與沃廉擦身而過。

「要不要偶爾也去外面透透氣？」

兩人漫無目的地聊著天。沃廉說了一句「訓練辛苦了」緊接著便這樣提議。

「透透氣啊……唔──嗯，但是再去內部的沙灘，也沒有新鮮的感覺了。」

「那您可以去外面走走呀？作為沃爾夫事件的獎賞，陛下不是好不容易准許您去外面走動了嗎？」

「城邊市區……您這麼一說我就開始想去了。」

「那很不錯。那麼，您要不要邀請庫洛涅小姐去逛逛呢？」

沃廉最後這麼說道，便帶著慈祥老人的態度離去。

雖然這個提議來得莫名突然，不過艾因的意識完全集中在城邊市區，絲毫不在意這一點。

他一邊哼著歌，一邊在王城內走著。

「不過……庫洛涅在哪裡呢？瑪莎小姐會不會知道啊？」

「是，小的知道。」

「──唔！」

什麼時候出現的？看到突然現身的瑪莎，艾因不禁目瞪口呆。我聽到您叫我的名字就過來了。看到她的表情彷彿這麼訴說，艾因不禁踉蹌。

「庫洛涅大人現在正在奧莉薇亞殿下的房裡。」

「……謝謝妳，我過去看看。」

「是，那麼我先失陪了。」

她高雅地低下頭致意，那神出鬼沒的模樣深深烙印在艾因眼裡揮之不去。接著，艾因就這樣筆直朝奧莉薇亞的房間前進。她的房間距離這裡很近。

——叩叩叩。艾因用手背輕輕敲門。

奧莉薇亞的聲音從房間內傳來，艾因便開門踏入她的房內。

「艾因殿下——！」

房間的正中央有張沙發。克莉絲很難得地也坐在沙發上，再加上奧莉薇亞和庫洛涅，三人開開心心地圍繞著桌子。

他來的時機大概不怎麼好。艾因詢問奧莉薇亞：

「咦？各位該不會在討論事情吧？」

「歡迎你來，艾因。是啊，其實克莉絲她——」

「我……我我我我們什麼都沒有聊喔！只是那個……我偶爾也想要和大家喝喝茶而已！」

「……呃，母親？」

「呵呵——似乎是這樣呢，對不起喔。」

她們很明顯在討論些事情，而且更近一步說的話，是想要瞞著艾因的事情。

（畢竟她們都是女生……嗯。）

縱使是王儲，也有些事情面對侍奉的對象會感到難為情吧。

艾因沒有特別追究，看向坐在奧莉薇亞對面的庫洛涅。

「貴安，艾因。」

「嗯，我是聽瑪莎小姐說了才過來的，沒關係吧？」

「不要緊喔，直到剛剛沃廉大人也來過一趟。」

「沃廉先生嗎？」

所以他才會叫艾因來邀請庫洛涅吧。

「不過算了……其實就是沃廉先生向我提議，偶爾可以去逛逛城邊市區轉換心情，所以我過來詢問庫洛涅要不要一起去？」

「哎呀，這是在邀請我去約會嗎？」

「……這就端看妳怎麼說了。」

雖然艾因沒特別否認，不過看起來難為情地含糊其辭。

「真是的！你好好說出口，我會比較開心……」

不過看到庫洛涅柔和地露出笑容，艾因不禁心想，早知道就老實邀請她了。

「對了，奧莉薇亞殿下要不要一起去呢？」

「對不起，我等等還有些工作……你們願意只帶克莉絲去嗎？」

克莉絲作為護衛陪同是理所當然的事。不過從奧莉薇亞客氣的態度來看，似乎隱約能見有除此之外的意圖。

庫洛涅也露出彷彿察覺到什麼的表情，克莉絲則一臉宛如看見曙光的表情。

（……為什麼啊？）

一行人不顧感到疑惑的艾因，繼續說著話。

艾因與馬上做好外出準備的庫洛涅和克莉絲，一起從王城出發前往城邊市區。

◇◇◇

都城海港有個被削成新月狀的窪地。那裡經過修繕，打造成外觀美麗，船和戰艦可以停靠的實用巨大海港。

三人在來到海港的路上，決定順道去買個東西再回王城。

冰冷的海風一瞬間強烈地吹起。

「好冷……」

「畢竟已經十二月了啊，早知道就打扮得更保暖一點再來了……你都不圍圍巾嗎？」

「啊……這麼說起來，我好像沒有圍巾。可能該買一條。」

「嗯嗯……圍巾啊……」

克莉絲從懷中掏出紙張，提筆不斷寫字。一邊好奇她在寫些什麼，艾因一邊眺望著海洋。

「——這一帶岩礁很多呢。」

望向海面，有許多探出頭的岩石。

這就是都城的海港比港都瑪格納遜色的理由。

「您是指那邊的岩礁嗎？那是在這裡建立都城後不久，因魔物造成傷害的痕跡。」

「魔、魔物嗎……？」

那到底是多大規模的大軍呢？

若岩礁是魔物留下來的傷痕，也就是說那裡以前曾有過陸地。

庫洛涅同樣感到訝異，站在艾因身邊傾聽著。

「您眼前看到的新月狀窪地在建國當時並不存在，且陸地本來更遼闊。現在被海面覆蓋的地方，當時則建設了海港。」

「克莉絲大人，照您的話來看，簡直就像是在說寬廣的陸地因為魔物——毀滅了，是這樣嗎？」

「是啊，庫洛涅大人說得沒錯。是因為一頭魔物而毀滅的。」

克莉絲緩緩走在石造的棧橋。

「那巨大的軀體比我們的戰艦還要大，牠操縱海浪，擁有能夠將整個陸地沉落海底的破壞力——是被稱為海之王的存在。這是**海龍**造成的破壞。」

也太誇張了。艾因之所以會這麼想，意思並不是因為聽起來沒有可信度。

都城的海港絕對不小，只是因為瑪格納的海港實在太大了。能將大片的陸地化為海裡的泥垢，聽到魔物擁有這種力量，艾因不禁吞了吞口水。

「據說以前牠甚至弄沉好幾十艘船隻，造成以萬為單位的人民犧牲。在我們伊修塔利迦長久的歷史中，海龍帶來的傷害是僅次於魔王的存在。」

「……海龍已經被討伐了嗎？」

面對表情僵硬的庫洛涅，克莉絲苦笑著說出難以啟齒的話：

「確實已被討伐。不過海龍每隔百年到兩百年之間便會出現。因此，在不久後的將來若是再次現身也不足為奇。」

過去每當海龍出現，便會造成許多犧牲，但怎麼說還是有成功討伐的紀錄。

她說等到下次出現，也只能做好會造成許多犧牲的覺悟迎戰。

「不過，這個國家的科技應該也進步了才對，既然這樣應該也會有對策——」

「如艾因殿下所言，我們不斷在進行海龍對策的研究。不過……」

克莉絲的馬尾緩緩搖動。

「縱使如此，還是不知道究竟會出現多少犧牲者。專家們是這麼說的。」

正因為如此，在帶給人民損害的天災中，海龍正是僅次於魔王的魔物。

「不、不好意思……難得出門一趟，我卻聊起這麼消沉的話題……」

「沒有那回事喔。對吧，庫洛涅？」

「是啊。謝謝您告訴我們如此重要的事情。」

為了重振心情，三人離開了海濱。

不過，在艾因內心角落，對名為海龍這個存在的恐懼，化為深深的傷痕留了下來。

——太陽下山的時間也開始變快了。

漸漸變暗的城邊市區大概不久後就會降下初雪吧。

三人走在大街旁並列著幾家商店的地區。這裡距離貴族街十分近，有許多販售高級品的店家，距離瑪瓊利卡的店也不遠。

「……買了好幾套衣服，這樣好嗎？」

離開某家服飾店，臉頰抽搐著的艾因馬上問道。

購買的衣服會全數送到王城，因此三人兩手空空。

「不要緊。其實拉拉露亞殿下有吩咐過我要挑幾套衣服回去。畢竟艾因殿下也漸漸長大……」

「很適合你，下次要穿給我看看喔。」

「謝、謝謝妳……不過，我認為問題出在金額上。」

和艾因的想像差了一個位數。結完帳之後零也多了一個。

「那個，艾因殿下是王儲，若是穿太便宜的衣服也會成問題……」

另一方面，庫洛涅連眉毛都沒動一下。

她也是大公爵家出身，在一旁眺望大量金錢流動的場面的經驗，自然比艾因還要多。

「揮霍是不好的行為。不過，無論是王家還是貴族，若是吝於花錢，就沒有錢流向國家裡的百姓了對吧？」

該用的時候就要用，這也是在上位者的職責。庫洛涅說服了他。

站在一旁的克莉絲似乎也持相同意見，無聲地點了點頭。

「我、我的東西也差不多夠了！妳們兩位沒有想去的地方嗎……？」

艾因雖然理解庫洛涅說的道理，但他仍會感到有些抗拒。

到目前為止，一行人已經逛過了幾家店，卻都只買了他要用的東西。大概是因為這樣，於是他便改變話題。

「這麼說起來……克莉絲大人，差不多也可以了吧？」

庫洛涅突然這麼說，並對克莉絲使了眼色。

露出了回過神的表情，克莉絲回應道：「說得也是。」

「艾因，其實我有間想要去的店，可以去一趟嗎？」

「當然沒問題。那我們馬上過去吧。」

兩人隔著手和手背看似要相碰的距離前進。這距離莫名讓人感到焦急，不過就在一旁守望的克莉絲來看，能知道兩人已經比去年要有些進展了。

看來庫洛涅很熟悉這一帶的路。

「是這邊喔，這裡。來吧……跟我來。」

「我……我知道啦！」

庫洛涅有時候會拉著艾因的手走，這還是會讓他感到難為情。

輝煌的星辰琉璃結晶今天仍在她的右手散發著光輝。

「妳要去什麼店？」

「唔——嗯……有賣髮夾、戒指，還有男士們會穿的鞋子之類的地方吧。」

「雖然不是雜貨，不過有在販售小東西之類的地方？」

「嗯，差不多就是那樣。」

這樣的話，他似乎也能逛逛。就在艾因這麼想的時候——

「等進了店裡，我有地方想和克莉絲大人一起逛，所以會稍微留艾因一個人獨處……可以嗎？」

（原來如此……是那種事啊？）

若非同樣是女性的話，會令她們感到害臊。

這並非胡亂猜測，他純粹是從庫洛涅看起來有些顧慮的模樣察覺其意圖。

「好啊，我到時候也會在店裡逛逛。可以吧，克莉絲小姐？」

「是、是的！畢竟距離不會那麼遠。不過請您絕對不要跑到外面去喔？」

她沒有忘記之前在學園都市發生的事情。

雖然她老是再三叮囑，不過艾因也不會每次都像那樣自作主張。

「我知道。我會在店裡晃的，等妳們結束再請妳們來接我。」

於是三人來到了目的地。這是一棟充滿木質香氣，橙色燈光釀造出溫柔氣氛的小小建築。這愜意悠閒的店家，讓人感覺到它毫無贅飾的品格。

「哇喔……」

店內分成了一樓和二樓，很湊巧地除了進來的艾因三人之外沒有其他客人。

從入口看得見的地方並列了幾個展示櫃，裡面擺放著做工精細的筆和領帶夾等小物。

看了看導覽，上頭寫著二樓販售鞋子和帽子等配件。

「庫洛涅，妳們要看的在二樓？」

「是啊，艾因也要來嗎？」

「嗯……不了。我在一樓逛，妳就和克莉絲小姐去逛吧。」

「——謝謝你。」

看來他特意留空間給她們這件事也被發現了。

輕輕露出微笑，庫洛涅接著便和克莉絲一同離開艾因身邊，登上了階梯。

喀噠，喀噠——使用硬質木板打造的樓梯發出了聲響。

「……去晃晃吧。」

獨自在店裡閒逛是至今為止無法想像的事，這讓他興致高昂。觀賞著排列整齊的展示櫃，有時還會發出「哦……」的讚嘆聲。

靠近艾因的壯年紳士，似乎是這家店的店長。

「這位客人，您在找什麼嗎——」

當他發現對象是王儲時，立即改變了表情。

「這還真是稀客……敝人冒昧向您搭話，實在失禮了。」

「呃，那個……沒有那回事，希望你不要介意。應該說，真虧你知道我是誰呢。」

明明在學園都市也很少被發現，對方一眼就發現他是王儲，這件事情讓艾因感到訝異。

「您謙虛了，殿下可是已經進行過公開亮相的紳士。再加上敝店雖是間小店，不過王妃殿下有時也會造訪敝店。每當那個時候，王妃殿下總是會告訴我許多關於殿下的事情。」

「原來外婆會來啊。難怪這間店的氛圍如此出色……」

「您太抬舉了。」

店長伴隨艾因逛著店內。

店長和妻子兩人經營著店家，據說是一間雖然小卻頗具歷史的店。他說以前辛魯瓦德也曾來訪過，這讓艾因知道庫洛涅為何如此中意這家店。

「——雖然僭越，不過敝店沒有任何東西能夠勝過那顆寶石。」

「那顆寶石……是指星辰琉璃結晶吧？」

「是。就我所知，都城的店中沒有情報顯示有店家售出了那種寶石。也就是說，那是殿下贈送的禮物，這是我的拙見。」

答對了。

艾因露出苦笑回應，不過店長絕對不會再多加追究。

這就是所謂的**敏感**話題，也因此艾因十分感謝他這樣的對應。

「能麻煩店長幫我一起挑選些禮物嗎？我時常受剛剛那兩位的照顧，想稍微送點小禮給她們……」

「這樣的話——」

店長陷入沉思，卻又馬上開口：

「若是殿下打算送貴金屬給千金們，恐怕有些困難。因為店裡實在沒有禮物能勝過那顆寶石……」

「那麼送些這個季節能用的東西會比較好吧？」

「您說得是。不過，若是要送給騎士大人的話，我認為簡約的項鍊感覺也很不錯。」

聽到他的建議，艾因點點頭，並開始尋找自己的零用錢能負擔的禮物。

結果，他買了比較大條的披肩給庫洛涅，並選了鑲著一顆寶石的小硬幣項鍊要送給克莉絲。接著他也選購了一些小雜貨要送給奧莉薇亞。

這家店的每樣商品都有刻印或刺繡。大概是類似品質保證的證明吧。

和兩人分頭後過了十幾分鐘，他接著聽見樓梯上傳來腳步聲。

「哎呀，看來您的同伴回來了。」

和前往二樓時相同，庫洛涅與克莉絲走下樓梯。

不同的是，兩人的手上捏著小小的紙袋。

（大概是買到她們想要的東西了吧。）

看著露出滿足笑容的兩人，艾因這麼想。

「看來各位似乎要離開了。若是還有機會，還請務必讓敝人盡一點微薄的心力。」

「嗯，非常謝謝你。若是有機會的話，我們才要承蒙照顧。」

對低頭致意的店長道了聲謝，艾因靠近兩人。

「對不起……讓你等太久了……」

「我也是。非常抱歉……」

「沒事沒事。我自己也很享受。」

今天的出遊就到這間店結束。

三人來到外頭，走在夜幕漸漸低垂的城邊市區。艾因回到城堡後，心想著這真是趟很棒的轉換心情之旅，並愉悅地享用了晚餐。

◇◇◇

去城邊市區轉換心情的出遊後約兩週，到了十二月中旬的現在，王城內因為某項活動而充滿朝氣。

那就是派對。辛魯瓦德一年之中最用心舉辦的派對即將到來。

在窗外開始下起雪，夜景被點綴地十分夢幻的時候，將會舉行僅有家人加上部分僕役和部分騎士才能參加的活動。

——那場派對即是如此。

「這是艾因八歲的生日啊，真的很恭喜你。」

坐在貴賓席的艾因隔壁，奧莉薇亞以愉快的聲音說道。

去年的冬天沒有邀請貴族舉辦慶祝生日的活動，是因為艾因尚未完成公開亮相。今年則因為有沃爾夫的騷動，所以僅有親近的人受邀參加。

不過因為會場實在太氣派，所以現場氣氛不像家庭派對。太輝煌了。

「艾因，來，請收下吧。這是我送你的禮物喔。」

「謝謝您……那個，我可以打開嗎？」

坐在隔壁的奧莉薇亞遞給艾因一個綁了蝴蝶結的小箱子。

她露出豔美的笑容，催促艾因快點打開。

「怎麼樣？你喜歡的話我會很高興……」

放在裡面的是一支筆，上面烙印著王家紋章。

這是高級品自是不用說，上面還有自家的紋章——這件事讓艾因感到很高興。

「謝謝您送了這麼美好的禮物！我會好好珍惜的！」

「呵呵——太好了。生日快樂，艾因。」

最後接受了她的擁抱，艾因輕輕闔上箱子並放在眼前。

「不過話說回來，那孩子真是的，在這方面只要到正式上場的時刻，就會變得很不擅長應對……」

「母親？您剛剛說的那孩子是？」

「……就是總是守護著艾因，少根筋又可愛的精靈啊。」

「什、什麼……？克莉絲小姐做了什麼嗎？」

奧莉薇亞只是露出傷腦筋的笑容，卻不說出其真意。

（這麼說起來，自從派對開始後，好像就完全沒看到克莉絲小姐。）

她很忙嗎？雖然也不是沒有這種想法，不過參加者數量不多的派對上，應該沒有工作才是。竟然連一眼都沒見到，讓他感到非常不可思議。

「那孩子一定是為了拿出勇氣而在努力吧。」

「那個……雖然我不是很懂，不過我明白了——那麼，我差不多該去打招呼了。」

「嗯，路上小心。」

艾因站在位子上環視會場。

他已經收到羅伊德和沃廉他們贈送的禮物了。不過，由於他還沒有向每個人分別致謝，此刻他才會為了致上感謝而站起身。

首先，他看到的對象是羅伊德及迪爾。

「——好。」

艾因一手拿著玻璃杯，並靠近古雷沙父子所在的桌子。

「晚安，羅伊德先生。迪爾也是，今天很謝謝你來。」

「喔喔！艾因殿下！今天真是值得祝賀的日子，再次祝您生日快樂。」

「殿下，祝您八歲生日順心如意。」

和豪邁地大聲祝賀的羅伊德不同，迪爾一如往常是個安靜的男人。

「雖然已經以古雷沙家的名義送出賀禮，不過若殿下有任何期望的物品，在下也會重新挑選禮物，還請殿下不用客氣儘管告知。」

雖然語氣古板，不過以前的迪爾大概不會這麼說吧。

「啊！那麼麻煩你用名字稱呼——」

「除了『以名字稱呼殿下』之外，若是有任何事情——都歡迎您提出。」

「……我好久沒有這麼懊惱了。」

「呵……呵呵呵……哎、哎呀，艾因殿下，關於迪爾真的很抱歉……」

他能理解羅伊德不禁失笑的心情。

艾因肯定是露出了非常有趣的表情吧。

「唉～……殿下？不知道已經經歷過幾次這樣的對話了。」

「那、那麼！你差不多也可以放棄，聽我的話了吧？」

「不可以。在下不過是一介護衛，什麼人物也不是。」

「但是羅伊德先生他們都用名字稱呼我呢？」

「——在下不過是一介護衛見習生，還是學生且尚未獨當一面，因此和父親大人以及其他諸位的狀況不一樣。」

怎麼說都有辦法回嘴！

艾因一邊表露內心的不滿，然而對方的話語也並非沒有道理，讓他不禁皺起眉頭。總有一天，他一定要讓他用名字稱呼他！這份野心仍然沒有消散。

「今、今天就先饒了你，下次我一定……！」

「艾因殿下……您這麼說豈不是會變成逃跑時的台詞……」

「這是為了表明我下次的決心！就是這樣！」

傳達了對禮物的致謝，以及絕對要讓他用名字稱呼自己的堅定意志後，艾因離開了席位。

接下來他走向沃廉及庫洛涅享受歡談的席位。

「哦，艾因殿下。」

「晚安，沃廉先生。今天非常感謝你贈送賀禮。」

「不敢當。今晚真是值得慶祝的日子，我也感到非常開心——噢，虧您特地前來，真是非常不好意思，不過我稍微有些事情必須要找陛下談，就先失陪了。」

稍微打聲招呼後，沃廉便離開席位。

被留下來的艾因看向庫洛涅，接著同時笑了出來。

「呵呵——看來似乎讓沃廉大人費心了呢。」

「是啊，感覺有點不好意思。」

「不過，畢竟人家都像這樣讓我們兩人單獨相處，那我就坦率地接受好了。」

這麼說完的她牽起艾因的手。接著另一隻手蓋了上來，在艾因的掌心放了個小盒子。

「生日快樂。像這樣送你禮物似乎是第一次吧？」

「啊——謝謝妳！我可以打開嗎？」

「好啊，你打開來看看。」

庫洛涅微微歪頭。

望著非常在意禮物內容的艾因，庫洛涅笑著，彷彿要看清楚他的表情般將身體微微向前彎。

「——這是……」

盒子裡放著銀色的手鍊。

精巧的鎖鏈環環相扣，這份細緻又簡約的物品著實是份好禮物。

「你願意戴嗎？」

「當然！我很高興，謝謝妳！」

「太好了……因為我手上戴著艾因送我的寶石，艾因身上卻沒有佩戴我送的東西，這種感覺讓我不太喜歡……」

庫洛涅喃喃說道。她的右手戴著星辰琉璃結晶，今天也在水晶燈照明的反射下散發光輝。

一想到終於可以將送給彼此的東西戴在身上，庫洛涅心中便沸騰著喜悅。

「不過，妳是什麼時候準備好的啊？」

一邊試著幫自己戴上手鏈，艾因詢問道。然而，不習慣的他單手戴不上手鏈，笨拙地不斷讓釦環啪嘰地響著。

「來……手伸出來，我幫你戴上。」

「……真是丟人。」

「你不用在意沒關係。還有這是前幾天一起去城邊市區買的。你還記得我們最後去的那家店嗎？和艾因分頭行動就是為了這個。」

「──我完全沒有注意到耶。」

「呵呵，看來不枉費我偷偷買起來。好了，戴好了喔。」

和庫洛涅一樣，艾因的右手也被飾品點綴。

兩人自然地伸出彼此的右手，並一起露出笑容。

「你看，陛下心情可真是好呢。」

沃廉前往的目的地——就在距離兩人席位不遠處。辛魯瓦德的雙頰之所以帶著淡淡紅暈，是因為喝了比平時還要多的酒吧。他一邊大笑，一邊心情愉悅地和沃廉高談闊論，這讓站在他身旁的拉拉露亞半帶無語地露出苦笑。

「哈哈哈哈！很好，朕心情大好啊！」

他那寵溺艾因的性情完全表露在台詞中。

「嗚哇……他的表情好誇張。」

「用滿臉笑容形容比較好吧……」

「他那個樣子真不像國王——不，縱使露出那樣的表情仍舊保有威嚴，不覺得很不可思議嗎？」

「畢竟陛下是伊修塔利迦這般國家的王，我並不認為不可思議喔？不過今天比起國王，陛下是不禁讓作為祖父的情感表露在外了吧……一定是這樣。」

「或許是吧，不過他是位很棒的爺爺。」

接著兩人輕碰手上拿著的玻璃杯。儘管內容物是水果水，不過尤其是像庫洛涅這樣的千金，這般舉動簡直美得像一幅畫。

「你和克莉絲大人見過面了嗎？」

「沒有，不如說派對開始之後我就一次也沒見到她。妳覺得呢？」

「……就連身為女生的我來看，克莉絲大人有許多舉動都很惹人憐愛呢。」

「——嗯？」

艾因對這對話內容走向感到疑惑，庫洛涅卻像是沒注意到他的困惑般，沒有再多說什麼。

沒什麼。她這麼說，接著將玻璃杯放到桌子上。

「說不定克莉絲大人是在等艾因露出破綻吧？」

「咦咦……什麼意思？她要偷襲我嗎？」

「不，不是的。她只是在窺伺時機。」

完全不知道是什麼意思。艾因歪了歪頭。

「作為測試，你去陽台試試看吧？說不定等一下克莉絲大人就會去找你了。」

「那、那是什麼預測……還是應該稱作直覺？」

「沒問題的。我的直覺在這種時候很準。」

看見她強烈確信的態度，艾因莫名產生了值得信任的感覺。

庫洛涅就是如此有說服力。

「那我就去看看好了……」

「就這麼辦吧。克莉絲大人一定出現的。」

艾因暫時和庫洛涅分開，並照她所說的前往陽台。正在下雪的外頭果然十分寒冷，他似乎沒有辦法待太久。

「……不是很懂。」

只要來這裡，克莉絲說不定就會過來。他反覆思索，但果然還是無法理解。

——不過……

「奇、奇怪？真是巧呢，艾因殿下！」

她……克莉絲真的過來了。

她踏著不穩的步伐，雙手不自然地藏在背後。

「……真的過來了。」

被庫洛涅說中，艾因感到訝異，看著簡直像是被拽出來一般的克莉絲，面露詫異。

「克莉絲小姐，我今天都沒看到妳，妳是待在哪裡啊？」

「我、我嗎……？我是、那個……對了！我是在幫忙瑪莎小姐之類的，有很多瑣碎的事情——」

「沒有吧？瑪莎小姐今天也沒有工作，直接來參加派對了。」

「……咦？是這樣嗎？」

「不是，我騙妳的。不過這下我也知道克莉絲小姐在說謊了……唔……好冷……」

如此輕易被套話使得克莉絲目瞪口呆，接著露出彷彿獲得一絲希望的神色。她聽到艾因哀聲說冷的聲音，便迅速靠近了他。

「您穿成這樣出來外頭可是會冷的……！其、其實我正好有這樣的東西……若是不嫌棄的話請用……！」

軟綿綿的東西輕柔地包覆住艾因的脖子。

不可思議地殘留人體溫度的布，以脖子為起點開始溫暖艾因。

「咦？這是圍巾嗎……？」

「是、是的！我真的剛好帶著這樣東西！」

「是哦……原來如此……——奇怪？」

一朝圍巾的邊角看去，就會發現上面有前幾天看過的刺繡。

這正是在城邊市區時，最後去的店家的商品證明。

（克莉絲小姐該不會——）

那天，她的行為之所以看起來有點可疑，就是為了這個啊。而她今天一直沒有現身，直到現在才來到這裡，大概是因為她不習慣贈送禮物，所以感到很難為情吧？

他察覺到庫洛涅說的話中真意。

「話說回來，我在棧橋上曾說過想要圍巾呢。」

「嗯！您、您您您您……您在說什麼呢？」

「……那麼，這是克莉絲小姐送我生日禮物的回禮。謝謝妳平時的照顧。」

艾因從懷中拿出和從庫洛涅手上收到的禮物一樣大小的盒子。

「其實，我也在同家店買了東西。我也有買別的東西給母親和庫洛涅，不過我先送克莉絲小姐——請收下。」

看見她退縮的模樣，艾因強硬地讓她握著盒子，並說聲：「打開吧。」

「好美……唔！我、我不能收下這樣的東西！」

「這是平時受妳照顧的謝禮。還有，說自己不能收王儲送的禮物，我認為那樣好像也挺無禮的。」

不過這當然並非他的本意。艾因露出宛如小孩惡作劇般的笑容。

這是為了讓客氣的克莉絲接受的說詞。

「您——這樣太狡猾了！您這麼說……我……」

「克莉絲小姐，這條圍巾真是溫暖呢。那家店的二樓還有這樣的商品啊？」

「咦？是、是的。確實有幾樣類似的商品——啊！」

「妳不用表現出彷彿自掘墳墓般的態度啦，我已經知道了，不要緊的喔。從下次去學校那天開始，我會圍著這條圍巾去的。」

話題的走向已經掌握在艾因手上。

克莉絲也因為露餡而感到慌張，不過其實看到艾因中意自己的禮物，她感到很高興，沉浸在想要手舞足蹈的心情中。

「唔……」

雖然有想說些什麼的心情，不過這似乎會讓她忍不住笑出來，於是她噤口不語。

「那個……我想也沒什麼好害羞的……」

「我會！反正我就是個沒有好好送過禮的寂寞女子，光是在窺伺贈送的時機，我的內心就噗通噗通地跳不停呢！」

「就算妳這麼乾脆地承認，我也……」

「沒關係的！我可是也會佩戴艾因殿下贈送的項鍊！」

「啊，還請務必那麼做。妳願意戴我也很高興。」

克莉絲目瞪口呆。

對著笑得一臉天真的艾因，她在說出真心話後重拾了冷靜。

「——咳、咳嗯！那麼，艾因殿下。」

她的神情也自然變得嚴肅。

「祝您生日快樂。」

「嗯，謝謝妳。還有，妳臉頰的緋紅還沒褪去喔？」

「——您、您知道就請忽視啦！」

在生日這一天，艾因了解到克莉絲新的一面。

而克莉絲也是，知道了他雖然一如往常地溫柔，卻意外地也有壞心眼的一面。

王立君領學園的遠足

陰暗潮濕的森林中。

一邊踩著地面的泥濘，艾因回想從今天一早的流程。

（……在學園集合後坐上了水上列車，還以為要回到白玫瑰站，結果直接到了海港搭上船——然後現在就到了這裡。）

這可以稱作遠足嗎？他不禁失笑。

「呼啊……好睏……欸，羅蘭，從剛剛的海角走到目的地要多久來著？」

「很久喔。畢竟是三天的行程，老實說，遠到讓我不想思考距離。」

「那就算了。不過，這遠足可真厲害啊——」

艾因一邊聽著巴茲和羅蘭的對話，也深深點頭同意。

他們被帶到伊修塔爾大陸近海的島嶼，在海角從船上被放下來後，被告知三天之內要抵達目的地，也就是另一側的海角。這就是遠足行程。

在理所當然會出現魔物的這座島嶼中，必須要自己確保飲水與食物。

巴茲不禁說出毫無緊張感的話。

「欸……艾因。」

「嗯？什麼什麼？」

「這裡很暗耶，不覺得好像會有東西跑出來嗎？」
「不是好像，是真的會出來。」
野獸的吼叫迴盪著，光芒詭異地灑進這陰暗的森林中。
「巴茲，誠如殿下所說……不是好像會出來，而是真的會跑出來。」
「嗯，我想也是吧。畢竟不久前我們還打倒了史萊姆之類的魔物。」
「對對對。雖然我和里奧納多都只是躲在後面讓你們保護……」
這裡只會出現學生有辦法打倒的魔物。
校方不會讓學生前往危險魔物出沒的區域，身為王儲的艾因也不能去。
「不過，你們兩人也不能大意喔。好嗎？」
最後提醒兩人的則是迪爾。
他會在這裡，是遵照這趟遠足的規則。
最高年級生必須要有一人作為護衛加入，以備不時之需。而他之所以會作為這個小組的護衛參加，當然是因為艾因在這裡。
「我會努力不添麻煩的……因為我不會戰鬥。」
「傻瓜，別擔心啦，羅蘭。在這座島上又不會遇到危險的事情。」
看到巴茲的態度，羅蘭不禁感到可靠。
據他所說，以這附近的魔物們為對手的話，他們大概是不會輸的。
看了看稍微變暗的天空，里奧納多提議：
「差不多來準備一些可以燒的東西吧，我想來準備露宿。」

「也是，食物吃路上捕獵的兔子就行了，再來想找個有飲用水的地方……」

「只要不是很髒的水就沒關係。反正只要用我做的魔具過濾乾淨就可以喝了。」

如此說道的羅蘭左右搖擺耳朵。

不過此時，迪爾突然插嘴：

「羅蘭同學，遠足應該有明言禁止攜帶魔具才對。」

要是帶魔具參加，遠足的難度就會降低，尤其是貴族會占上風，因此禁止攜帶魔具。

「不要緊的，迪爾學長。只要用獵捕至今的魔物魔石製作就行了，只是要做有過濾功能的工具，很簡單。」

「這、這樣啊……那就好。」

這不像學生的發言，可以隱約看出名為羅蘭的男孩技術有多高超。

「殿下，我用我的技能稍微準備一下結界。若只是這裡的魔物，應該有辦法規避。」

里奧納多擅長的雖然是文科，不過卻擁有結界這般相當稀有的技能。

雖然並不精湛，不過唯有現在，這絕對是可靠的技能。

——由艾因及巴茲兩人擔任前鋒。

其餘兩人則擔任後衛，加上他們各有一技之長可兼任輔助。四人至今皆以這個陣型在森林裡前進。

遠足開始後過了幾個小時，四人抵達平坦的土地，並開始著手準備露宿。

「喂，你們看這個，我找到好東西了。」

巴茲心情愉悅地說著，接著大家便注視著他的手。

「那是什麼？顏色怪怪的。」

面對這第一次看到，像是水果的東西，艾因一邊的臉頰不禁抽搐。

「雖然外觀看不太出來，不過這是水果，殿下。滋味可是不容小覷。不過，巴茲……那個水果也有相似的假貨，你分辨得出來嗎？我可不會喔？」

「我也不會。我以為里奧納多會分辨才拿來的……」

看來期待落空了。

巴茲瞥了艾因一眼，於是他詢問迪爾：

「嗯……迪爾會分辨嗎？」

「是，在下確實會，不過規則規定在下不能從旁插手。」

看見迪爾帶著歉意回答，艾因一瞬間露出笑容，感覺到他真的和以前不同了。

該怎麼辨呢？如果有毒那可不得了……艾因靈光一閃。

「巴茲，借我一下。」

「喔喔，是沒差啦，你小心點喔。」

「我知道啦……哼──嗯，這個意外地軟呢。」

果實的大小大概比一個小孩的頭還要大一些。

他輕輕地嗅了嗅，意外地有股酸甜的香氣吸引了他的注意。不過紫色的外觀看起來像是有毒素的色調，令人喪失食慾。

（……打從一開始這麼做就好了啊。）

艾因在不被三人發現的情況下，使用了吸收和毒素分解。

不過感覺不出有特別的異狀，因此艾因判斷就算食用大概也不會有問題。

「這個不要緊，是沒有毒的那種。」

「咦？艾因同學知道怎麼分辨呀？」

「剛剛好啦，因為我很常看書。」

「無論如何，真是件好事。對吧，里奧納多？晚餐可多出了一樣菜色喔？」

「……還不是因為殿下會分辨，真是的。」

於是，一行人將圓木當椅子坐下，總算開始休息。

從森林開始變暗後，轉眼間就看不清楚周圍的模樣了。或許再早一點開始準備露宿會比較好。

艾因將這件事當作明天的課題。

「這樣子感覺有點像旅行呢。」

「是啊，我和巴茲也有一樣的想法。」

涼爽的風吹過森林裡，搖動的樹木摩擦聲流轉迴盪。

營火的火焰在風中搖曳，醞釀出獨特的氛圍，插在一旁炙燒的兔肉香氣勾起了他們的食慾。

他們坐在圓木上圍繞著營火，感覺心情莫名地平靜了下來。

一行人開始緩緩按摩因疲憊而腫脹的腳。

「這麼說起來，里奧納多，聽說你的訂婚對象已經定下來了，是真的嗎？」

「你、你怎麼突然問這個……少講奇怪的事了！」

「什麼？我可沒聽說！」

「喂，怎麼連羅蘭都鬧我！」

畢竟是大貴族的繼承人，這個年齡就訂下婚約也絕對不嫌早。
雖然不知道是從哪裡聽來的，不過大家的注意力都放在巴茲的發言上。
「等一下，里奧納多，我也沒聽說耶……」
「殿、殿下？請您不要露出那麼難過的表情！」
「唉唉，里奧納多把艾因惹哭了。」
「虧我還以為我們是朋友，這樣好過分……」
「唔……！啊啊，真是的！我知道了！我知道了啦……殿下，我現在就告訴您！還請您聽我說吧！」
「──嗯，什麼什麼？是什麼樣的人？是什麼樣的人啊？」
艾因露出若無其事的表情面向里奧納多。
「被……被擺了一道！」
面對這樣的互動，三人的笑聲迴盪在森林中。
在漸漸熱鬧的氣氛中，羅蘭分配著烤好的兔肉。
「那麼，我們就邊吃邊聽里奧納多說吧。」
「喔！你可真貼心啊。」
「嗯……我開動了。」
和他們兩人成對比，里奧納多的表情染上疲憊的神色。
「對了，迪爾學長……迪爾學長也請用。」
羅蘭也將肉遞給迪爾。

「嗯？啊啊，不了，在下有自己攜帶糧食，不用顧慮在下。」
除了艾因之外的其他人，也早已知道迪爾是死板的男人。
不過能從他的語調意外溫柔這一點，得知他似乎並不緊張。
「畢竟多出來的食物浪費掉也可惜，我們也沒有時間做成肉乾，所以迪爾如果願意吃的話，就幫了我們大忙。」
「……在下明白了。既然殿下這麼說，那麼在下就卻之不恭了。」
迪爾答應後，便靠近一行人坐下。
接著，他從懷中拿出某樣東西——
「那麼，在下也給各位一樣東西。」
他拿出來的東西是袋裝的茶葉。
看到這樣東西，里奧納多瞬間皺起臉。
「這、這樣實在算是作弊吧……」
「是，里奧納多同學說得沒錯，不過這是每年的慣例，在下聽同學說其他組別也都有帶進來。而且學園也都會默許這點小東西。」
這是學校活動較少的王立君領學園的一點溫情。
見里奧納多接受了說詞後，迪爾便使用艾因一行人帶來的餐具泡起茶。
「呃，喂喂喂！意思不就是說傻傻遵守規則的人就只有我們嗎……？」
「啊哈哈……大概吧。不過這也沒什麼好難為情的……嗯。」
「羅蘭說得沒錯。不過……至少這種時候稍微享受一下，應該也不會遭天譴吧？我們就恭敬不如從命吧。」

獲得了預料之外的茶水，讓這頓晚餐變得更加充實。

這一點小小的調皮，也是屬於學生的特權吧。

接著他們一邊享受餐點，在那之後又談論起里奧納多的事情熱絡起來，遠足第一天就在充滿歡樂的氛圍下落幕。

◇◇◇

隔天早上，一行人趁早開始行動。

不過，因為視線極差，艾因不禁呢喃道：

「唔……今天的霧好濃喔。」

「畢竟在森林裡，又在小島上……你們兩個，別離我和艾因太遠喔。」

「我知道。我們的腳程不快，抱歉添麻煩了。」

「是啊，早知道我也多少先鍛鍊一下了……」

繼自嘲的里奧納多之後，羅蘭的耳朵也無力地垂下。

第二天身處叢生的樹木之中，今天比昨天還要難以見到天空。不知是否因為這樣，道路險峻，視野也很差。

「巴茲，有沒有什麼目標可循？」

「啊……雖然我懂艾因想說什麼，不過霧這麼大也束手無策。現在的感覺，大概就是可以確定至少方位沒有走錯。」

「欸欸欸，我有個想法，要不要暫時在這裡等霧散開？」

「如果做得到就不用那麼辛苦了……我不覺得霧會散去。真是的，看來這是抽到了一條比其他組麻煩的路啊。」

這次的遠足，加上艾因隸屬的組別，總共有七組往目的地前進。

不過為了不讓彼此遇到，各組都會被分配到不同島嶼上。籤運還真差，艾因暗自哼笑了一聲。

「只能前進了，大家絕對不能走散喔！」

領頭的巴茲大喊出聲。

緊接在他後面的是艾因，而後面肩並肩向前的則是里奧納多和羅蘭兩人。

「欸，羅蘭，你做得出能解除霧氣的魔具嗎？」

「……我說艾因同學，你是把我當成什麼了啊……？連天候都能操縱的魔具——」

「說得也是，那種東西……」

「雖然做得出來，但靠我手上目前的材料是辦不到的。」

（竟然做得出來嗎……這傢伙還真厲害。）

艾因不禁在內心驚訝。

「畢竟做工並不困難，而且我之前也做過，下次再讓你看看吧。」

他愈來愈覺得羅蘭是天才了。

只要有素材就能做出來給你看。艾因甚至覺得他這麼說的身影看起來閃閃發亮。

「迪爾，羅蘭真的……咦？迪爾？」

沒聽到本該走在後面的迪爾的聲音，艾因不禁停下腳步。

「喂！怎麼了？艾因！」

「等我一下……迪爾！回應我！」

發現迪爾沒有回應的艾因，大聲呼喊迪爾的名字。

然而，艾因聽慣的聲音卻始終沒有回應。

「——喂，艾因！住口！」

「為什麼！迪爾可是不見了啊！」

「……夠了，小聲點，會被發現……不，太遲了。是魔物！你們絕對不要離開我和艾因身邊！」

「咦？咦？什麼？什麼！」

「羅蘭，冷靜點……好了，你過來這裡！」

被里奧納多拉過去的羅蘭便被夾在艾因與巴茲中間。

接著不久——周遭迴盪著某種東西摩擦的嘰嘰聲，巴茲的臉色瞬間鐵青。

「喂喂喂……我可沒聽說這種地方會出現啊！喂，艾因！」

「什麼什麼？」

「是鴉蝶！牠們會麻痺人並把卵產在人體內！這可不是這種森林裡會出現的好對付的魔物！小心一點！」

艾因聞言便繃緊神經。

雖然和迪爾走散讓他擔心，不過現在快被襲擊的是他們自己。

他瞬間拔出黑色短劍，專注聆聽周遭的聲音。

「嗚、嗚哇啊啊！剛剛那是什麼？」

為了保護好慌張的羅蘭，巴茲向前站一步。

「如果看到又黑又大的蝴蝶，那就是敵人！要是牠們靠過來就告訴我！」

「看到再告訴你……喂，巴茲！我推薦還是逃跑吧！」

「那可真是好點子！不過所謂的鴉蝶是會群體出動的魔物，這裡恐怕——」

艾因也有不好的預感。

那份預感馬上得到了驗證。自濃霧中出現了好幾個成年人大小的黑影。

「巴茲！巴茲，我在叫你！有很多隻啦——！那根本就不是十幾隻而已！」

「很多是……喂喂喂，開什麼玩笑啊……！」

巴茲也看到感覺有數十隻存在的群體，臉色變得更加鐵青。

「雖然我不是很了解魔物，不過那些傢伙大概有多強……？」

「啊啊，這個嘛！雖然是比猩紅野牛要弱很多，不過你看看數量！」

艾因和巴茲交換眼神，放棄在這裡戰鬥。對艾因來說，他也不能使用幻想之手的力量。

四人一同奔跑起來。

途中艾因刺穿幾隻鴉蝶的翅膀讓牠們退開，並拚命地在雲霧之中狂奔。

——他不記得他們究竟跑了多久，不過至少持續跑了數十分鐘。體力到達極限的一行人，最後抵達的地方是間小小的地下倉庫。

四人到此終於喘了口氣，巴茲粗聲粗氣地抓著艾因的衣襟。

「艾因，你這傢伙——！竟然在那種地方大叫，想自殺也該有個限度！」

「……我很清楚，我一時衝動就忍不住大喊出聲了……抱歉。」

「喂，巴茲！對殿下也不用說成那樣……！」

「不，里奧納多，這是我的錯——不過，迪爾到底在哪裡……」

他十分擔心走散的迪爾。

他知道迪爾比一般騎士還要厲害，不過縱使如此，若被像剛才那樣有數十隻的群體襲擊，可能會發生艾因不願想像的意外。

站在沉思的艾因身旁，巴茲開口：

「算了……總之，我覺得這個狀況很奇怪。」

其他三人點頭附和。

在拚命四處逃竄後獲得的平靜中，巴茲調整好氣息開始陳述：

「那個魔物並不是會出現在這種地方的傢伙。他們棲息在有許多像黑屬野人樹那種狡猾的魔物，又遠離人類村莊的地區，是不可能會出現在這種小島嶼的魔物。」

「也就是說……這是異常狀況啊，原來如此。」

「沒錯，就是艾因所說的異常狀況，所以我稍微思考了一下。一條路是等待救援。畢竟這是異常狀況，說不定會有人來搜救。不然就是硬來也要通關，朝著本來的目的地衝過去。」

不過，無論是哪條路都會是嚴苛的挑戰這一點仍然沒變，他們無法馬上決定方案。

膽小發抖的羅蘭很擔心走散的迪爾。

「好擔心迪爾學長喔……」

「殿下，克莉絲汀娜大人會不會也有前來護衛，只是躲起來了？」

「應該不會。我聽說克莉絲小姐和母親有工作會離開都城。」

這麼一來就不能指望了。

無奈之下，巴茲代表所有人決定方針。

「既然這樣就只能繼續前進了……正因為現在無法保證能獲救，什麼都不做反而是愚蠢的策略。」

「我也贊成巴茲的想法，畢竟就算靜靜待著也只會遇到危險而已吧。」

「連殿下都贊成的話，我是不會反對的……」

「我也是。應該說，我不會戰鬥所以都聽你們的，不過希望大家能把輔助的工作交給我！」

「但是我——果然還是想去找迪爾。」

「喂，艾因你……」

「抱、抱歉！因為他一直在護衛我的安全……我會收斂讓大家陷入危險的行為，希望你們忘了。」

於是，和迪爾走散的四人小心翼翼地離開地下倉庫。

他們確認鴉蝶不在了，小心隱藏自己的身體往目的地的方向前進。

◇　◇　◇

過了幾個小時後的現在，濃霧仍然包圍著他們，遮住他們前進的路。他們根據太陽的方位能大致掌握前進的方向，雖然知道自己沒有走上回頭路，不過精神上卻不斷累積疲勞。

半途中，他們聽到過好幾次鴉蝶發出的「嘰嘰嘰嘰！」的聲響，也因此停下腳步過。鴉蝶們也同樣在尋找身為獵物的艾因一行人吧。

——最後，他們發現一條流動的細長河川，便決定在那裡喝點水稍做休息。羅蘭和里奧納多的疲憊似乎也到了極限，簡直要昏倒般一屁股坐到地上。

「啊……喂，里奧納多，不用設結界沒關係。」

「嗯？為何？」

「時常會發生結界被發現，等到結界一解除後魔物就撲上來的情況——我有聽父親大人這麼說過。再加上這畢竟是異常狀況，我也覺得應該要留一手。」

狡猾的魔物當中存在能夠探測結界，並在結界解除的同時發起攻擊的魔物。

鴉蝶也是那種狡猾魔物之一，正因為如此，他不肯定設下結界的行為。

「你真的是……令尊克林姆男爵教育的結晶呢。」

「父親大人時常在危險的地方和魔物戰鬥，所以教了我很多事情。」

之後他們一邊稍做休息，一邊聽巴茲說話。

鴉蝶最大的弱點是火，第二似乎是日光。據說在濃霧當中似乎沒問題，但若直接照射到日光，身體就會崩壞。

話雖如此，他們現在處於濃濃大霧之中，且沒有會使用火焰魔法的人，無法攻擊他們的弱點。

「今晚要怎麼休息才好？不休息的話，我想里奧納多和羅蘭會撐不下去。」

「只好輪流守夜了。然後要在太陽升起前出發，並在太陽完全升起之前想辦法脫離濃霧。」

——最終，四人抵達了一個在小小的洞窟前較為寬敞的地方。

領頭的巴茲之所以沒有進去是有原因的。

「喂，艾因，你可別進那個洞窟喔？」

「咦？為什麼？既然有洞窟，進去不是比較好嗎……難道是裡面的魔物很危險？」

「你看看落在入口處的礫石。是不是泛紫又快融化了？」

「……確實。」

「這是有瘴氣的洞窟，因為混合了古老的魔力和魔物的屍體，裡面的環境變得很棘手。對不住在那個洞窟中的魔物以及人來說都是劇毒。就算不呼吸，只接觸到肌膚也會造成不好的影響。不過只是在入口的話不要緊，不用擔心。」

「……原來如此，我會小心。」

有魔物在的地方時常伴隨著毒素，洞窟本身散發有毒物質也不稀奇。

艾因十分有興趣地看了看瘴氣洞窟內部。

「裡面也有魔物嗎？」

「當然有啊。不過這裡的魔物大概沒什麼大不了，頂多有些大蟲子之類的而已吧。順帶一提，瘴氣對鴉蝶來說也很有效果——不過我們也沒辦法讓牠們碰到瘴氣就是了。」

「哼——嗯……瘴氣啊。」

「欸欸欸！你們兩個別聊恐怖的話題了……來幫忙準備吧！」

「啊啊，抱歉啊。艾因也來幫忙。」

「嗯，了解。」

隨意帶過瘴氣洞窟的事，里奧納多卻慌慌張張地走了過來。

「喂，等等，巴茲！待在這種地方安全嗎？」

「不會有問題啦，牠們不會從洞口出來。不過就算是這樣，就算發生任何事也別進去喔。」

「嗯，嗯嗯……那就好……」

里奧納多也能接受，一行人便開始著手準備露宿。

唯有睡覺的時候較為危險，再由里奧納多設下結界。

水能從河川取用所以沒有問題，食物只有路上撿來的水果就有些不足。

「……雖然光是有食物就算好的了，不過這樣使不出力氣啊。」

「是啊，老實說填不飽肚子。但就像艾因說的，也只能覺得這樣算好了。」

「好啦好啦！反正很新鮮……我覺得味道也沒那麼糟。」

——露宿的準備告一段落後，艾因坐在地面沉思。

（果然有股無法抹滅的不對勁的感覺……這是為什麼呢？）

有幾個疑點。

雖然迪爾走散這件事情也是如此，不過這裡有鴉蝶這種狡猾的魔物存在這點也很奇怪。

（就連我也不會把王儲送到這麼危險的地方。如果要來的話，我認為事前至少也會經過縝密的調查。而且我不覺得迪爾是會那麼輕易走散的男人。）

——最重要的是……

（畢竟還有沃廉先生參與，校方不可能會想出這種草率的計畫。既然這樣，奇怪的地方就是……）

艾因不經意地發現，是他搞錯前提了嗎？

說不定，他感受到的不對勁本身就是錯的。

（我開始愈來愈搞不懂了……）

艾因緩緩地看向周遭樹木的深處。當然沒有任何人影，不過他不禁有這種感覺。

我在想什麼傻事啊？大概真的累了。艾因搖了搖頭重振心情。

——在吃完不滿足的晚餐後。

閒下來的艾因和巴茲聊起天。

「說到巨大的魔物……就是海龍之類的吧？」

艾因對這個詞有印象。

「聽說每隔百年或兩百年之間就會出沒，是比戰艦還要巨大的龍。」

「啊啊，我有聽克莉絲小姐提過，那要怎麼打敗啊？」

「這還用問嗎？當然只能大家同心協力吧？」

雖然巴茲講得一臉事不關己，不過艾因也只想得到同樣的處理方式。

若是自己的話會怎麼戰鬥呢？雖然他試想過許多手段，但是用劍不可能和那種魔物抗衡。

「牠們大概要花上百年以上的時間長大吧？然後在伊修塔爾近海開始大肆活動，這正是破壞海港城鎮和船隻的天災。一直以來都非得犧牲無數騎士才能打倒牠們。我聽父親大人說過。」

「——那還真希望牠不要出來呢。」

「肯定的。麻煩你用王家的絕對命令權之類的，也對海龍那麼說吧。」
「咦？那個絕對命令權是什麼？」
「我也不清楚，不過好像有什麼命令權是只有王族能用的……應該說，你怎麼能不知道啊！」
於是艾因回以輕鬆的笑容。
（不過……這麼說起來，以前也聽爺爺說過關於海龍的事吧？）
辛魯瓦德也曾提過，世上存在名為海龍的強大魔物。
艾因再次確認到海龍是個就連國王都視為危險存在的危險魔物。
「我去一下廁所。在那邊的後面。」
「喔，你去吧。」
在海龍之前要先處理鴉蝶群。好了，該怎麼辦呢？
艾因繞到瘴氣洞窟的後面，解決生理需求後帶著疲憊的表情準備回去——不過，他途中停在瘴氣洞窟的入口，不禁朝入口伸出手臂。
（嗯……和毒差不多啊。）
他悄悄驅動毒素分解，幾縷漏出來的紫色空氣瞬間失去色彩。
這份力量還是老樣子很方便呢。他不禁苦笑。
「喂，艾因！你在做什麼啊！」
察覺到艾因的巴茲大喊。
「——我只是差點跌倒而已啦！馬上回去！」
不過，面對瘴氣洞窟這樣的存在，他忽然想起巴茲在休息前說過的話。

接著又想起羅蘭製作的能夠裝水的魔具。

「……咦？那個感覺能用。」

雖然是突然想到的，不過艾因開始覺得這是好方法。

他終於回到營地後詢問羅蘭：

「可以打擾一下嗎？」

「嗯？怎麼了？」

「羅蘭為了裝水做的魔具，也能拿來裝別的東西嗎？」

「……用途當然很多啦，不過你怎麼這麼問？」

「我有東西想要裝起來——這種的啊——」

有他在身邊真是太好了。

艾因打從心底感謝，並借用了他的技術。

——然而，就在他們熟睡之後，巴茲擔心的事情發生了。

有幾隻鴉蝶從結界外觀察著他們。不過，在寬敞的地方不適合進攻，而且這裡的霧氣比較薄弱。理解這些因素的鴉蝶們，一邊期待獵物離開結界前往絕佳的狩獵場，一邊隱身在夜晚漆黑的森林中。

◇　◇　◇

隔天早上，大概是因為這時候的陽光很強，沒看見鴉蝶的蹤影。

「艾因同學，我昨天給你的魔具你要用在哪裡啊？」

「祕密。如果有用上我再告訴你。」

「……我只有不好的預感耶。」

羅蘭無語地呢喃出聲。

「好——你們幾個！我們趕快抵達目的地，跳脫這愚蠢的狀況回家吧！」

「喂，為什麼是你在指揮啊？真是的……明明還有殿下在。」

「我不介意，而且有巴茲在幫了大忙。」

「喔？你很懂嘛，艾因！那麼今天也加油吧！」

以意氣風發地踏出步伐的巴茲為首，四人維持和昨天一樣的陣型開始前進。

加油吧。得快點回去搜索迪爾才行。

艾因一心想著這件事，腦中浮起巴茲所說的「這愚蠢的狀況」這句話，揮之不去。

（……這愚蠢的狀況啊，確實如他所說……而且那位沃廉先生不可能沒考慮到這種危險性才對。）

號稱伊修塔利迦第一的頭腦也不為過，若是這樣的他，肯定料想得到突發狀況。

比如說，只要有鴉蝶的蹤影，他一定會聽聞，而且也會取消這場遠足，另外選擇其他地方才對。

對於與現狀存在某些不吻合的情況，艾因一邊吐氣，發出「唔嗯」的輕喃。

無法抹滅的這股不對勁的感覺深深烙印在他腦海，揮之不去。

「喂，艾因！你在發什麼呆啊！」

「呃、嗯嗯……抱歉抱歉，我現在追上。」

——在這正常來說預計是遠足最終日的第三天。

然而他卻始終無法沉浸在那種心情中，心裡留下了陰影便出發了。

——今天的道路和以往相比較為平坦。

這趟實習最後的路程會是平坦的道路，於是一行人認為目的地大概比預料中近，四人在心中懷抱起希望。

「……真是的，我可不想再經歷這種遠足了。」

「巴茲說得沒錯，可以的話我也不想再經歷第二次了。」

「真的……不過我開始覺得回去之後要多少鍛鍊一下身體。」

氛圍之所以如此輕鬆，也是因為今天還沒有聽到鴉蝶們的聲音。

雖然對此多少感到可疑，不過對於沒有遇到牠們這件事，一行人感到慶幸並繼續前進。

然而，這也不過只是一瞬間的事。

「……巴茲。」

艾因感覺到迫近的氣息。

「是啊，霧氣變得比剛剛更濃了，看來牠們看準了這一點。」

雖然想回頭，然而霧氣濃厚。

在這種只能向前的現狀下，艾因閉上眼驅動五感。

他特別使用只有自己能用的能力，探查魔石的氣息，並開始留意究竟有多少鴉蝶衝過來——

「奇、奇怪……？」

他感覺到有別的魔石的氣息混在鴉蝶之中。

（——哦？原來是這麼回事。）

雖然既沒有東西也沒有人影，不過艾因輕巧地流漏笑聲。

他細心探測那不同於鴉蝶的存在，便發現那是屬於他熟悉人物的**東西**。

這是數日來他久違打從心底笑出來的瞬間。

「羅蘭、里奧納多！跟著我和艾因！」

嘰嘰嘰嘰——的聲音從遠方傳來。這是為了捕獲獵物，鴉蝶一鼓作氣發起進攻的聲音。

快跑快跑！聽從巴茲的聲音，四人跑了起來。

他們朝著應該是目的地的方向跑，至少必須要到方便戰鬥的地方去才行。

不過完全感覺不到能找到那樣的地方——

「里奧納多！」

「……什麼事！殿下！」

「里奧納多的結界可以防毒之類的嗎？」

「呃，毒？十幾分鐘而已的話我想可以！不過您為何……！」

「聽到這一點我放心了！快點！」

雖然里奧納多不懂為何要問他毒的事情，不過他沒有時間思考那種事。

里奧納多和羅蘭拼死拼活地追上艾因與巴茲跑去的方向。

最後仍然沒有逃離鴉蝶群，一行人在幾分鐘後抵達巴茲認為方便戰鬥的地方。

抵達後，艾因馬上對里奧納多大喊出聲：

「里奧納多！麻煩馬上設下結界……！」

「等等，艾因！就算現在布下結界，等到解除也只會被襲擊啊！」

就算用來拖延時間也不是好點子。巴茲反對艾因的提議。

「我知道巴茲想說的意思，不過拜託了，里奧納多！」

「唔……我明白了！」

接著里奧納多坐了下來，為布下結界開始做準備。

遠遠地有許多鴉蝶飛了過來。艾因與巴茲將羅蘭和里奧納多護在身後，兩人準備迎擊牠們。

「雖然不知道你在想什麼……里奧納多，快點！我們沒辦法保護你們太久！」

「嗯，我知道！」

接著，幾隻鴉蝶飛到艾因與巴茲面前。若只有幾隻的話還能處理。趁著巴茲揮刀，艾因趁隙給了致命一擊。

不過，馬上就有一大群鴉蝶衝了過來，趁隙偷襲了巴茲。

「唔……該、該死……！」

「巴茲！可惡——！」

巴茲的身體開始麻痺，無力地倒下。艾因用劍打倒鴉蝶，就在他以為被逼上絕路的瞬間……

「抱歉！準備得太慢……！」

周遭被白色光芒包圍，里奧納多的結界發動了。

以他們周遭為起點，結界擴散開來，將大群鴉蝶趕到外側。原本以為要陷入全滅的困境，也做好了覺悟，不過此刻因為結界獲得了延命的緩衝時間。

「巴茲！不要緊嗎？」

「……雖然身體動不了，也說不了話……但我沒事。真是的……我這個堂堂男子漢，差點要被產卵了。」

「……不過艾因同學，你突然要里奧納多設下結界，是有什麼好點子嗎？」

「有啊，雖然是賭博。」

不過，如果到時候行不通——

（就只能向消去氣息，混在牠們之中的那個人求助了吧……）

在心裡喃喃自語，艾因坐了下來。

「殿下，我很困惑您怎麼突然要我設下結界……您到底打算怎麼做呢？」

「我會好好說明的，不過讓我休息一下。實在累人……」

艾因有個點子。

這是個如果順利的話，有可能可以一口氣解決大量鴉蝶的方法。

「你們可以喝點水！還好昨天儲存了很多水。」

「抱歉啊，羅蘭……噗呼！要不是這種狀況，這水肯定也很美味吧。」

將手上的水一飲而盡，他呼出一口氣。

「……我要用昨天請羅蘭製作的拋棄式魔具。」

「喂，等等，羅蘭，你到底給了殿下什麼啊？」

該不會是危險物品吧？里奧納多逼問。

「不要用那麼凶的表情看我啦……就是很簡單的東西，可以儲存周遭空氣的工具罷了，只不過比市售的東西還要大一點。」

「那就好……艾因，你打算用那個做什麼？」

「這我要保密，不過不要緊的。」

面對不願說出詳細內容的艾因，三人一個勁地懷抱疑問。

不過艾因的神情十分嚴肅，他們能感覺到他是認真的。

「殿下，有什麼我們做得到的事情嗎？」

「里奧納多只要繼續維持結界就可以了。」

「只、只要這樣就好了嗎？」

「喂，艾因，你那樣簡直是想一個人——」

「是啊，這個手段若不是我獨自一人就無法成立，所以由我自己來做。」

「少說蠢話了，我怎麼可能准許那麼危險的事……」

「不要緊的，巴茲。畢竟巴茲昨天已經告訴我有效了。」

「啊？我告訴你……？」

沒有回答他的疑問，艾因仰望樹梢。

「嗚哇——有好多鴉蝶喔，看起來有點噁心。」

艾因仰望一旁的大樹，鴉蝶群停了下來，等待獵物離開結界。

「……確實不是想見到的光景呢。」

我想也是。艾因同意道，接著他開始伸展四肢，做起暖身運動。

他環顧呆愣的三人開口，語氣一如往常地開朗。

「不過，我會想辦法的——好，那我去去就回。」

「殿下……？您說要去到底是……」

「那還用說嗎？當然是去打倒……那些傢伙啊！」

他一鼓作氣跑出了結界。

雖然可以離開結界，不過沒辦法從外面給內部帶來影響。艾因利用這個性質，一鼓作氣地從結界中離開。

——殿下！艾因！艾因同學！三人擔心的喊聲傳來。

「真是的，等等要好好教訓迪爾了……雖然這大概不是迪爾想的點子！」

艾因一邊嘀咕一邊奔跑，遠離了三人所在的結界。

因為疲勞累積使他不斷喘息，不過想到**設計這場騷動**的人們，他便產生絕對不想依賴他們的心情。

——艾因雙手扠腰，大喊出聲：

「當事人竟然無痛自爆，你們一定會覺得自己很強吧……！」

在鴉蝶撲倒他之前，他從懷裡掏出圓圓的道具。

那是他讓羅蘭製作的儲存空氣的道具。使用方法很簡單，只要丟到地上打破即可。

「這對你們也有效吧？既然這樣……就吸點這個掉到地上吧！」

魔具被丟到了地面。

羅蘭特製的魔具發出像是玻璃裂開的聲音後碎裂，又灰又紫的空氣便隨著輕微的衝擊波，擴散到附近一帶——

「忍得住瘴氣的話，就忍給我看……！」

巴茲說過，瘴氣對鴉蝶也有效果。

一觸碰到釋放出來的瘴氣，鴉蝶們的身體不規則地一起痙攣了起來。

接著過不久，鴉蝶無力地摔落地面，一隻不留。

「——好。」

最後就只剩對**他們**說教了。

也因為使用只有自己能用的方式取勝，這勝利的餘韻實在特別。

艾因高高地舉起手臂，傳送勝利的暗號給在遠處看著他的三人。

◇◇◇

「我之前沒說，我其實天生就有毒素耐受性的技能，所以對像瘴氣那類的東西耐受性很強。」

他情急之下說明這是對毒素的耐受性。就算撕了他的嘴，他也說不出這是毒素分解ＥＸ。

「殿下……請您從此以後，千萬別再做那種會嚇壞人的行動……」

「抱歉，不過既然成功了，就原諒我吧。」

「……雖然我也有些話想說，但還是算了，畢竟艾因同學救了我們是事實。不過，原來還有那種用法啊……！」

「真的。你的攻擊根本就是人型兵器……」

「不是巴茲說瘴氣對鴉蝶也有效的嗎？所以我才用的。」

「……啊啊！你說我昨天已經告訴你的就是指這件事啊！」

我也派上了用場啊。巴茲驕傲地搔了搔鼻尖。

「不過……這樣好嗎？鴉蝶的魔石讓我全部收下。」

「可以啊，反正我又用不到，還讓你幫忙做了魔具。你們兩個也沒問題吧？」

「是啊，沒有問題。畢竟繼殿下之後大展身手的可是羅蘭。」

「我也一樣。你的表現很出色喔！」

從鴉蝶身上獲取的魔石，決定全部交給羅蘭。

其實艾因偷偷吸收了一個，不過因為嚐起來只有苦澀的味道，所以他也無意吸收更多。

因此，他們決定將所有剩下的魔石全部讓給製作魔具的羅蘭。

「那我就感激地收下了……只靠我的零用錢實在不夠，真的幫了大忙。」

他的耳朵有力地豎起，很明顯地看得出來他打從心底感到高興。

（……差不多了吧。）

艾因邊走邊探索周遭的氣息。

濃厚的霧氣不知不覺散去，清晰的山路意外地令人清爽。

經歷鴉蝶的襲擊後，意外地連史萊姆都沒有出現的這段和平時光，讓四人察覺自己接近目的地了。

——最終……

「各位，看到了喔！那裡就是我們的目的地——也是迪爾等著我們的場所。」

「啊？艾因，你突然說些什……呃？」

「迪、迪爾學長真的在！」

果然如他所想。

從森林離開的四人終於看見目的地的海角。艾因一直擔心的迪爾則帶著若無其事的神情站在那裡。

「艾、艾艾艾……艾因同學？這到底是怎麼……！」

「……我只知道一點點，所以詳細情形還是問迪爾比較好。」

看見瞇起雙眼的艾因，迪爾稍微彎下身子靠近。

「殿下，恭候多時了。您臨機應變打倒魔物群的招數實在十分出色。另外三人也都活用了各自的能力，這是十分能幹的小組。」

雖然接收到讚賞各位努力的話語，不過艾因冰冷的視線彷彿又裹上了一層冰霜，絲毫沒有回應迪爾的話。

圍繞著艾因的三人感受到現場的氣氛，不禁屏息地帶著困惑的表情，好不緊忙地觀察臉色。

「你以為我有多擔心你啊？」

「……是。在下一消失後，殿下因擔心在下安危馬上展開搜尋一事，讓在下深受感動。在下真的感到非常抱歉。」

屈膝低頭，迪爾真摯地說出謝罪的話語，並靜靜等待目光冰冷的主人開口。

幾秒間的事情卻讓人感覺彷彿過了幾分鐘，處於這緊張感之中，艾因大大地嘆了一口氣後開口：

「這大概不是迪爾的計畫。我可要你好好對我——不，是對我們說明清楚。」

艾因讓迪爾站起來。

「設計這件事的是爺爺？還是沃廉先生？不，大概是雙方一起吧？」

「——不愧是殿下。」

◇◇◇

迪爾開始闡述。

時間回溯到遠足前，地點換到王城的某間房間。

「艾因的……不，他們四人的安全如何？」

「滴水不漏。已確認過克莉絲閣下的行程，周遭環境也沒有問題。」

「……行程大概會相當嚴苛吧。無論是體力上或是精神上。」

「這肯定會是好經驗。雖然這方法有些強硬……不過是為了讓艾因殿下成長。」

「是啊——好，那麼最後再做一次確認。」

讓迪爾作為護衛陪同，中途讓他脫隊。

之後再放出騎士團準備的魔物，希望他們能將危機作為試煉成功跨越。

不過，會保障所有人的安全。派發幾位沃廉從小培養的暗中行動人員潛伏在周遭，也派出身為近衛騎士團副團長的克莉絲到附近。

這是一樁無論發生什麼事都不會有生命危險，準備縝密卻又大膽的計畫。

「這邊的三張文件，是從另外三位家族手上取得的『同意書』。各位都表示沒有異議。」

「沒有勉強他們吧？」

「當然。我們稟報家長會以陛下之名擔保安全後，便取得了他們的同意。」

「……那就好。」

里奧納多的佛爾偲公爵家，還有巴茲的克林姆男爵家。

最後，辛魯瓦德看向在城邊市區經營工坊的羅蘭父親署名。準備十分周全，剩下的就只等當天的遠足了。

之後再經由羅伊德轉告迪爾這次設計好的遠足行程。

「要在下中途消失……嗎？」

「是啊，這是陛下和沃廉閣下決定的事，說是希望能讓艾因殿下有諸多體驗。」

「原來是這麼回事。沒有問題。」

「嗯？你還真是老實地就答應了呢。」

「殿下的話，我想不要緊吧。不過是一介護衛消失，在下認為殿下能冷靜對應。」

聽見兒子這麼說，羅伊德便傷腦筋地歪頭。

自這天之後過了一星期，迪爾作為艾因小組的護衛前往森林。

過了一夜，隔天他們踏入霧氣會變濃的區域，迪爾察覺這裡是要分頭的地點，便隱去身姿。

那位殿下頭腦十分聰慧，一定能冷靜對應——他當時是這麼想的。

「等我一下……迪爾！回應我！」

這並不是對周遭的情況感到害怕的聲音，而是拚命在尋找迪爾的聲音，這讓他不禁停下腳步。

殿下是在擔心在下嗎？他不禁回頭。

他漸漸不知該說什麼。

「──喂，艾因！住口！」

「為什麼！迪爾可是不見了啊！」

艾因激動地斷言。話雖如此，在這個狀況下巴茲的判斷較為正確。

不過，迪爾聽見主人的聲音後，眼神不禁動搖。「殿下為何如此……」對於拚命尋找自己的艾因，

接著迎來了夜晚，利用魔具隱身的一行人遠遠地守望著艾因。

為了在發生任何意外時能趕上，他們爬上樹，輪流觀察他們的情況。

接著突然──克莉絲不禁喃喃出聲：「不會吧……」

「克莉絲汀娜大人？您怎麼了？」

「……我好像和他對上眼了……和艾因殿下。雖然我想應該是錯覺。」

「那怎麼可能？大家可是用魔具消去了身影，而且天色如此漆黑啊……？」

「所以我才認為是錯覺……說不定，他是對這個狀況存疑吧。」

而她的預測命中紅心。

隔天，霧氣變濃後，在鴉蝶開始行動的時候。

「……不行，被發現了。」

聽見她的話語，無論是暗中行動人員或是迪爾都感到訝異。

據說克莉絲和艾因對上了眼，對方甚至還輕笑出聲。

「那怎麼可能……殿下到底是如何……」

「——對了……因為我是擁有魔石的異人……所以，艾因殿下察覺到了魔石的反應……！」

艾因從昨晚開始便感受到異樣，再加上艾因擁有探查魔石氣息的能力。這就是兩者重疊的結果。

從這裡開始，克莉絲就放棄隱身，並讓大家靠近，確認艾因如何作戰。

最後，艾因以瘴氣收拾掉鴉蝶群，這次的試煉便迎來結束。

◇◇◇

「以上便是這次的過程。雖說是試煉，不過在下讓殿下操心了。」

艾因浮現嚴肅的表情。

「你知道我有多擔心你嗎？」

釋放超越表情的霸氣，艾因語帶冷淡說著。

「……殿下。在下是殿下的護衛。作為在上位者，您過於操心——」

「我沒有問你這一點。我問你的是，你知道我有多擔心你嗎？我再問你一次，你懂嗎？」

「縱——縱使殿下為在下操心，但這是陛下……！」

「我知道了。迪爾一點也不懂我有多麼擔心。」

原來是爺爺啊。艾因更加逼迫迪爾。

「我會自己去跟爺爺說，要他以後做測試選別的方法。」

「殿下！這樣對陛下太……」

「我並沒有成熟到面對至今為止擔任我護衛的人，還能夠清楚分割上司和下屬的關係。如果能夠分割清楚才是所謂的大人，那我不長大也沒關係。」

聽到如此熱情的話語，迪爾閉上了嘴。

「如果……如果你們下次又做了一樣的事情，那麼下次無論如何我都會去救你。」

「千萬不可。倘若那不是訓練，而是很危險的情況怎麼辦！」

「不想要這樣的話就答應我，再也不會讓我操一樣的心——懂了嗎？」

至今為止，艾因從來沒有這麼強硬地說過話。

自從迪爾作為護衛伴他左右之後，一次都沒有。

在這兩人之外的三人一臉不安地觀望下，迪爾終於退讓。

「在下認輸了。是，這次在下有自覺，知道自己超越預期地讓殿下勞心……真的非常抱歉。」

「……你了解就好。啊，不過，畢竟你讓我操了心，我能順便說句話嗎？」

「非常抱歉，若是您不斷提到的『以名字稱呼』一事，恕在下無法接受。」

「啊啊，是是是！我就知道！真是的，虧我還以為現在可以成功！」

就在艾因的臉上終於要恢復原本的笑容，卻在聽到迪爾的回覆後落空時。

——不過。

「作為道歉讓在下以名字稱呼您實在太過不敬……因此，這是在下的請求。」

迪爾這麼說著，並屈膝下跪。

「殿下——不，艾因殿下。從今以後仍請您多多指教。」

與他兜圈子般冗長的台詞成對比，艾因一下子綻出了笑容。笑容中帶著無奈以及掩不住的喜悅。

感到終於和他拉近距離，艾因撫了撫自己因為笑過頭而浮現淚光的眼角。

「哈哈哈……啊——太奇怪了。虧我那麼努力想讓你用名字稱呼我，結果你那麼乾脆地稱呼，讓我感覺撲了個空。」

艾因對迪爾伸出手。

「——我今天決定原諒你。只有今天而已喔。」

「——是，在下十分感謝。」

這雙手是艾因伸出無數次，迪爾卻都因感到不敬而沒能握住的手。

彼此交握後，兩人便馬上相視而笑。

◇　◇　◇

結束了三天兩夜的行程，一行人為了返回都城坐上了船。這是屬於王立君領學園的船，和戰艦相比小了大約兩圈，全長大約有一百三十公尺。

在甲板上一邊感受著海風，艾因詢問克莉絲：

「克莉絲小姐，妳在森林裡有和我對到眼吧？我想那不是我的錯覺。」

「您究竟在說什麼呢？我完全——」

「妳說謊對吧？我想妳當時很慌張地四處張望。」

「……唔！」

畢竟一切計畫全被看透，這已是毫無意義的抵抗。

到都城大約還要三十分鐘。艾因和她聊得十分熱絡。

「咦？妳當時真的左右張望了嗎？雖然我確實感覺對上了眼，不過我並沒有看得那麼清楚喔？」

「——被、被套話了……！」

「原來如此，凡事都要說說看呢。」

「真是的……雖然我是覺得您長大了沒錯，不過您是不是連鬼點子都變多了……？」

「畢竟有凱蒂瑪阿姨這樣的存在，我不愁沒有教材。」

看來兩人太過意氣相投也是問題。克莉絲將手肘靠在鐵欄杆上並感到懊惱。

平穩的海浪與海潮的香氣。

艾因累積至今日的疲憊正一點一滴被療癒。

「總之，這次的計畫我果然還是有點生氣，所以我想要去找爺爺抗議。」

「但是……我想陛下也是期望艾因殿下能成長才這麼做的喔。也不該說是我想，畢竟我就是這麼聽說的……」

「我明白，不過……唔——嗯，感覺這種作法果然還是無法讓我坦然接受……」

若是王儲需要像這次一樣嚴格的試煉，那麼艾因當然也會接受。

之所以內心感到灰暗不明朗，是因為無論如何他都不喜歡這樣的做法。

「在到都城之前我會考慮的。到時候我有可能會兩三天都不跟爺爺說話。」

「這、這方面還望您讓步……」

不過，艾因和迪爾拉近距離倒是好結果。

克莉絲決定一到都城，就要立即將這件事上報。

海面突然開始搖動。

正當兩人靜靜享受聊天時光，便發生了這件事。

「咦……突然怎麼了？」

艾因的身體稍微超出了鐵欄杆。

接著，克莉絲用手環住艾因的身體，用銳利的眼神要他後退。

「請您退後。看來情況似乎不太對勁。」

她拔出佩戴在腰際的護手禮劍，吸了口氣後氣場隨之改變，直到剛剛還平穩的氣質消失無蹤。

彷彿在回應她一般，同樣在船上的騎士們一同靠近欄杆。

——拍打船隻的浪濤的巨響變大。

「快準備大砲！所有人，準備應對襲擊！」

騎士穿著的鞋底用力踏在甲板上。

所有人前往了裝設在船頭、船尾，以及左右舷的砲台。與此同時，船突然加快了速度，而在這期間海面的搖動也變得愈來愈劇烈。

「……克莉絲小姐，這應該不是……事先設計好的狀況吧？」

「我以性命擔保，絕對不是！所以艾因殿下，請到船裡——不、不對……我想您待在我的身邊會比較好——！」

她緩緩握著艾因的手。這種情況還是第一次。望著自己被握住的手，艾因跟著踏出腳步的克莉絲向前進。

接著，海面冒出了泡沫，海水彷彿彈起一般，掀起了讓人聯想到王城般的高聳波浪。

「魔、魔物——！」

艾因驚訝的視線彼端是隻巨大魔物的身影。牠的尺寸大約有乘坐的船隻一半大，體型修長，蠕動的手腳宛如章魚一般，整體看起來卻像是烏賊。

「海怪……？為、為什麼在近海會……！」

「克莉絲小姐！雖然牠那麼巨大我想是不用問，不過牠很強嗎……？」

「這、這是用戰艦對抗也很費勁的魔物……！不過，靠這艘船的話，雖然艱難也能夠抗衡……！」

出現的魔物是一隻海怪，若牠伸長手腳，確實會比這艘船還要長。

聽到克莉絲的話，艾因鬆了口氣，但是——

「可是……感覺好像有哪裡不一樣……？」

聽到她緊接著這麼說，艾因疑惑地停下腳步。

海怪並沒有襲擊船隻，只是一邊在附近窺伺著，並彷彿想朝著某處前進般伸手探路。

（牠在逃離某樣東西……？）

就艾因的角度來看，牠看起來簡直像是在害怕。

畏懼及驚訝消失，那無法解釋的動作彷彿給人某種預兆般，撩撥著他的疑惑。

不斷提升速度的船隻和海怪拉開了距離。

「不要過度刺激牠，似乎比較能脫離這片海域……看來不需要砲擊了。」

似乎能平安熬過——兩人這麼想也不過瞬間。
海面的晃動劇烈得簡直無法和先前比較，海怪的手腳也成正比地劇烈動作，朝著船的反方向游去。
從海中傳來低吼般的巨響。
「克莉絲小姐！該不會還有其他魔物——」
「——嗄嗄嗄嗄嗄嗄嗄嗄！」
在艾因說完之前，這一連串騷動的理由現身了。
超越這艘船……不，甚至超越戰艦及奧莉薇亞皇家公主號的巨體浮了上來。
「咦……？」
咚。艾因的膝蓋不禁撞到甲板上。
出現在視線另一頭的巨大存在。艾因被牠釋放的魄力給狠狠震懾住。
逃跑的海怪腦袋被開了一個大洞。海怪在臨死之際高高地舉起手腳，並直指天際。
出現的魔物簡直就是掠食者。
「怎……麼會……為什麼那個魔物……海龍會——！」
克莉絲一邊支撐癱軟的艾因，不禁喃喃出聲。
就連使用戰艦應付都會費盡工夫的海怪，在這期間也被牠完全不費吹灰之力地輕鬆獵食。
牠有著和巨大身體成正比的巨鰭，尖牙簡直能一口咬碎小船般又銳利又長。牠大概還能自由自在地控制水流，以現身的魔物為中心出現的巨大漩渦，正為了不讓海怪逃跑而把海怪拖向漩渦中央。
「海、海龍……？克莉絲小姐，妳剛剛說海龍……！」
經她這麼一說，這確實是龍。

那宛如海蛇般長長的身體，上頭的鰭宛如翅膀一般，全身覆蓋著蒼白色鱗片。

那扭動著出入海面的動作，宛如龍在天空飛翔般優雅。

「——嗄嗄嗄嗄！」

「唔——！」

他們乘坐的船也會像斷了氣的海怪一樣，輕易地被牠破壞。

艾因的身體打從出生以來，第一次因為無法抑制的恐懼而發顫。

「再提升速度！快一點！趁海龍吞食海怪的時候……快點！」

克莉絲抱起艾因狂奔，跑向駕駛艙。

「克……克莉絲小姐……？不要緊的，對吧？靠這艘船——」

「艾因殿下，那隻魔物就是我提過的海龍……！都城的海港……牠就是將大陸削出那麼大一個洞的——海之王！」

她絕對無法肯定地回答不要緊。

「僅靠這艘船束手無策！不……不過，我會拼上性命保護好艾因殿下！所以還請您放心……！」

他們現在只能逃跑。

額頭浮現大顆的汗珠，縱使如此，她仍堅強地露出微笑。

「克莉絲汀娜副團長！船員和火爐都到極限了！」

「若還能用就還不是極限！再繼續加速！僅靠我們現在的戰力，只能做到這一點了！」

「是——是的！」

因為被克莉絲抱在懷裡，艾因無法看清海的情況。不知是不是因為這樣，唯有強烈的入水聲和海龍的吼叫聽起來很鮮明，對死亡的恐懼讓他的身體不禁發顫。

「……不要緊的！有我在！」

克莉絲的手輕撫著他的後背。

雖說他站在受人保護的立場，不過艾因對自己沒出息的醜態感到心煩。

他緊閉雙唇，撥開她的手自己站好。

「剛、剛剛會跌倒只是扭到腳而已！我才沒有害怕！」

艾因懷抱著僅剩的一點男子氣概，硬撐著面子。

看著氣息紊亂的艾因，雖然處於緊急狀況，克莉絲仍然露出一如往常的笑。

「——是的。是一如往常，英勇威武的艾因殿下呢。」

「要不然我就去吸海龍的魔石……！」

「啊哈哈哈……那件事情就……未來如果有機會的話再麻煩您了……」

兩人跑向駕駛艙。

幾分鐘之後，船成功逃離海龍的威脅。

大概是因為獵食海怪獲得了滿足，海龍沒有追擊逃跑的船隻便消失無蹤。

這場騷動就此流傳開來，都城掀起一陣譁然。不過自那之後又過了幾個月，海龍卻沒有再度現身。

海龍

遠足大概是艾因的學園生活中，最為熱鬧的活動。
那之後過了一年半，艾因平安升上了三年級。
他在這盛夏的炎熱之日離開王城，來到城邊市區執行公務。
完成公務後，他的神情帶著些許疲憊，現在正在返回王城的歸途中。
穿過大街，踏入並列著貴族宅邸等建築的寧靜住宅街，踩著整齊排列的石地，艾因停下腳步。
不經意地，他脫口說出突然想到的點子。

「迪爾，你不覺得可以繞個路嗎？」
艾因對著走在隔壁的迪爾說道，迪爾露出輕淺的笑容。
「是的——當然不可以。」
「有、有什麼關係……！反正還有時間啊，而且……今天又不是坐馬車！」
「陛下叮囑過不可以繞道，因此還請您接受。」
「……是爺爺的主意啊，可惡……竟然被先下手為強了。」
「陛下應該是有些要事吧？」
「就算有要事，稍微繞一點路也……算了，既然這樣我就忍耐點回去吧。」

走在兩人身後的羅伊德心情十分愉悅。

因為兒子迪爾的態度變得如此柔軟，再加上他和艾因的關係變親近了。

「迪爾變了呢。」

克莉絲向他搭話，他心情特別好地回答：

「嗯，對吧？那個耿直的傢伙還真是有了巨大的改變，我幾乎每晚都和瑪莎笑著歡談呢。這點必須得感謝艾因殿下。」

「是啊……現在他也不會只稱呼殿下，而是用名字『艾因殿下』來稱呼了。」

「我也聽其他騎士說過，最近的迪爾真的變得很好攀談。」

「再加上『艾因殿下是位出色的殿下』這句話，好像幾乎要成為他的口頭禪了。」

剛開始要他擔任艾因的護衛時，兩人打照面時他甚至一個笑容也沒有。雖身為他的父親，羅伊德卻想都沒想到，迪爾竟然會變成這樣，甚至開始會露出笑容。

「若是有機會，在下再隨您一同出遊。在下也會向沃廉大人他們商量艾因殿下的期望。」

「啊……嗯，既然這樣我就忍耐點吧……」

以前從來不會酌情下判斷的迪爾，如今也會像這樣表露情感。

這就是他在騎士風範中，確立了自己是屬於「艾因的騎士」這個立場的證據。

於是四人走入王城的大門。

等在門內的奧莉薇亞一靠近艾因，便一如往常地展現出寵愛的態度。

「艾因，歡迎回來。今天的工作如何？」

「沒有問題……還有，這樣我覺得有點難為情。」

「那真是太好了。呵呵，今天也辛苦你了。」

縱使被奧莉薇亞抱住的艾因害羞地這麼說，她似乎也聽不見不符合她希望的話語。

這位二公主（奧莉薇亞）還是老樣子，眼裡只有艾因。

站在有些距離的地方，羅伊德對克莉絲笑著說：

「找到不變的事物了，那就是奧莉薇亞殿下對艾因殿下的愛。」

「……嗯。」

真希望她能記住自重兩個字。克莉絲僅有這個念頭。

「很遺憾地，是有變化的喔……我的意思是，主要朝著惡化的方向。」

「嗯，經妳這麼一說，或許確實如此。」

奧莉薇亞的愛永不止息。

應該說，她的愛根本就是直線上升。克莉絲看著自己侍奉的奧莉薇亞，嘆了口氣。

◇◇◇

——這是當天晚上發生的事。

「……啊，艾因。」

距離大浴池不遠的休息室。

洗好澡的艾因正獨自休息著，此時同樣也洗完澡的庫洛涅靠了過來。

看來他們似乎在同個時段泡了澡——

「艾因剛剛也在泡澡？」

她用一臉平靜的態度搭話。現在的她有著超齡的姿色。

泡完熱湯的雙頰緋紅，銀藍色秀髮還有些濕漉，使用了精油製成的肥皂香氣自那秀髮飄散而來，讓艾因幾乎要頭暈目眩。

艾因喝完玻璃杯中的水，迅速冰鎮了喉嚨後看向她。

「因為我也讀完書了……庫洛涅呢？」

「我也是。可以坐你隔壁嗎？」

雖然沙發正對面也有空位，不過，既然她比較想坐在隔壁——艾因便答應了她。

庫洛涅在他隔壁落座，那搔癢著鼻腔的香氣又更加濃郁。

「明明一開始還那麼客氣，真是不可思議呢。現在已經完全習慣借用大浴池了。」

「畢竟妳幾乎都算住在這裡了，不用客氣也沒關係吧？」

「不可以，我可不想變成不懂客氣的女人。」

正因為她是這樣的女性，才會獲得奧莉薇亞的喜愛吧。

艾因拿起桌上的水壺，往兩個玻璃杯中倒水。

「庫洛涅也要喝吧？」

「嗯，謝謝你。」

雖然這是稀鬆平常的互動，艾因卻被她伸來的指尖所吸引。

那指尖纖細且形狀優美，長方形的指甲修剪得很整齊。那整潔的手指輕輕捏起玻璃杯的腳，接著端到嘴邊飲用。

她的雙唇圓潤、唇形豔美，光是靜靜注視便有種會被吸進去的魅力。

「嗯……呼。嗯？艾因。」

差點失神的艾因遲鈍地回應。

「你可不能對除了我之外的人做這種事喔？要是被人翻白眼，我可不管。」

「唔——……失禮了。」

「呵呵，沒關係。能讓艾因這樣，我也不感到厭惡。」

「也就是我還可以繼續看嗎？」

被她發現是艾因的失策。

不過，艾因想反擊一臉得意的庫洛涅，便這麼回應。

「可以啊？要我再靠近一點嗎？」

「咦？奇……奇怪……？」

「這樣子？還是要這樣更好？」

本該是反擊卻又被她予以回擊，和她的距離幾乎要變成零。

上臂相互摩擦，大腿緊貼在一起。艾因終於投降。

「……我輸了。」

不該挑戰贏不了的決鬥。

以前在某處讀過的戰略書之類的書籍，似乎就是這麼寫道。

這下庫洛涅應該也會稍微拉開一點距離……他本來是這麼想的。

「既然我贏了，那維持這樣也可以吧？」

「——來這招啊。」

「艾因不喜歡我這樣子？」

「不、不是不喜歡啦，那個，就是……該說是難為情嗎？怎麼說呢……」

「我知道啦，我就是想看你那個表情才故意這樣的。」

看著庫洛涅呵呵笑著的得意模樣，艾因不禁抱頭懊惱。

意思就是，打從一開始他根本就沒有任何勝算。

——就在兩人共度時光時，休息室外傳來吵鬧的聲音。

「發生了什麼事嗎？」

「……這麼晚了，真是少見。」

艾因緩緩站起身。

庫洛涅隨他起身，兩人肩並肩踏出步伐。

——對啊，沒錯！傳來激動的聲音。

「咦？剛剛的聲音該不會是……」

「是羅伊德大人嗎？」

「我也這麼想，或許是發生了什麼事。」

艾因停在門邊，傾聽外面傳進來的對話。

「對，剛剛遠洋的漁船已經化為海裡的碎屑了。」

「但光憑這點，還不能確定是那個魔物吧？」

羅伊德談話的對象是沃廉。

「不只是如此，據說遠洋的漁船看到巨大的影子……意思就是牠終於現身了吧？」

感覺到危險的氣氛，艾因的身體靜止不動。

「唔……艾因，我們也出去問問比較──」

「噓──……等一下。」

「──艾、艾因……？」

要是走出去，說不定就沒辦法聽到內容了。擔心這一點的艾因牽起出聲的庫洛涅，讓她靠近自己並要她安靜。

手突然被握住，庫洛涅不禁沉默了下來。

「……」

接著她一邊聽著外面的對話，看起來莫名有些躁動。

最後她看著艾因疊在自己手上的手背，伸出另一隻空出來的手，用手指劃過他的手背玩了起來。

「唔，妳……？」

「報復你。誰叫你突然做這麼狡猾的事。」

他們壓低聲量鬥嘴，艾因苦笑後繼續聆聽。

「必須讓戰艦趕緊前往瑪格納一帶。」

「是啊，也是……我也去聯絡各處。」

「牠什麼時候出現都不奇怪。還好沒有被殺個措手不及，算是慶幸。」

「那麼，明天就馬上出動戰艦。」

最後以沃廉的話為結尾，門外的氣息過了一會兒便消失了。

「該不會，是海龍——」

他回想起一年多前……從遠足歸來那天遇到的海之王。

當時的恐懼竄過全身，艾因不禁冒出手汗。他想先坐回沙發思考，並嘗試動了動身體。

「那個，庫洛涅。」

「……什麼——？」

「手，已經可以放開了喔？」

不管艾因再怎麼放手，她都會反抗，不允許他放開。

她一下比較手的大小，一下搔癢指間。她的惡作劇超越想像地多樣化，甚至不讓人感到乏味。

「我為什麼一定要放？不是艾因自己握的嗎？」

「不，那是為了聽外面的對話……」

「可是，就算對話結束了，也沒道理一定要放開吧？」

雖然反過來說，也沒有要一直交握的理由，不過艾因沒有駁倒她的能力。

「而且……發生了什麼事？你的心跳變得很快。」

「——發生了喔。畢竟像這樣牽著手，就會讓我緊張到不禁流手汗呢。」

情急之下找了個藉口，艾因覺得自己回得很好。

直到最後，他也沒能好好思考羅伊德和沃廉的對話。一直到把庫洛涅送回房間為止，兩人一直牽著手在王城裡走動。

◇◇◇

隔天早上，王儲艾因在城門內側十分慌張。

「艾因殿下！領帶！您的領帶歪了！」

艾因難得睡過頭了。

出門準備得太慢，同樣慌慌張張的克莉絲靠近他。她彎下身，手貼在艾因的胸口，靈巧地將歪斜的領帶整理好。

「竟然會自己歪掉……真是厲害的領帶……！」

「怎麼可能呢——？我想是艾因殿下自己弄歪的吧……好，整理好了。」

被她纖長優美的指尖整頓過後，艾因的領口便收緊了。

「咦？今早沒看見迪爾耶——」

「迪爾在接受訓練，因為他還是新人騎士。」

克莉絲的手離開艾因胸膛的同時，自王城方向有一名女性靠近。是身穿僕役制服的瑪莎。

「那個……不好意思，雖然兩位一早看起來十分和睦是件好事，不過時間緊迫。」

「——真、真的耶！」

「艾因殿下！我們快點吧！」

兩人看了看手錶，輕鬆的交談就到這裡結束。

艾因開始奔跑，克莉絲則追在他身後。

「瑪莎小姐！我們出門了！」

「是，路上請小心。」

無須多說，王城之所以變得比以前還要熱鬧，艾因的存在有很大的影響。

一路上，他稍微向擦肩而過的僕役和騎士們打招呼，並從城門離開。感覺有些被牽著鼻子走的克莉絲，也帶著莫名開心的表情，抱怨的同時臉上的笑容卻也不間斷。

——過了不久，送完艾因的克莉絲回到王城。

她在去工作前，路過中庭時看到奧莉薇亞，便走近她。

「哎呀，克莉絲。」

「早安。我已送艾因殿下去學園，方才剛回城。」

「嗯，謝謝妳平時這麼照顧他。」

優雅地品著茶的奧莉薇亞放下茶杯，看向克莉絲。

「聽說一大早妳還幫艾因整理領帶啊？感覺克莉絲對待那孩子，變得比以前還要更加溫柔了呢。」

奧莉薇亞的聲音充滿喜悅，完全沒有懷疑的聲色。

「……是嗎？我並不覺得自己有做什麼特別的舉動……」

那就是無意識呢。奧莉薇亞呵呵地笑。

「不過，畢竟我的視線可不能從他身上移開。」

「哎呀……為什麼？」

「艾因殿下雖然和奧莉薇亞殿下很像，但是他卻又更加、更加淘氣。所以說，不能由其他人，必須由我在殿下身邊守護他才行——我是這麼想的。」

克莉絲雙手環在背後這麼說道。她一邊眺望種在中庭的花朵，一邊露出笑容。

「……而且，我可以很放鬆地待在他的身旁。」

兩人相當契合。無論是作為護衛，還是作為親近的人。

奧莉薇亞啜飲一口紅茶後開口：

「這是真的呢，克莉絲在艾因面前的廢柴程度可說是千錘百鍊。」

「啊哈哈……大概是因為太放鬆了吧？有時候我也會感到不安，覺得自己太過放縱……」

「只要你們兩位開心，我想其他人沒有資格說些什麼。」

「不過……我個人希望能再稍微，那個……我想要維持帥氣年長大姊姊的形象——」

在奧莉薇亞眨了幾下眼後的大笑聲之中，克莉絲一臉不滿地嘟起嘴唇。

◇◇◇

大約經過了幾個小時，場所換到王立君領學園。

處於夏季正熱的現在，艾因一年級時沃爾夫裝設爆炸物的小湖畔，如今翠綠的葉子也浮在水面上一同搖擺。

「然後，我就直接跟他說，你的肌肉真的很像蛞蝓耶！」

今天，一如往常的四名成員也坐在學生餐廳的露天咖啡座位。艾因聽見巴茲說出的神祕比喻，輕輕地笑了。

「什麼跟什麼啊？你那是在貶低肌肉嗎？」

繼艾因之後，兩位朋友開口：

「……巴茲，蛞蝓的全身幾乎都是肌肉，所以那不適合拿來貶低肌肉。」

「哈、哈哈……不過在那當下會想到蛞蝓，你也怪怪的。」

雖然四人已經變成固定班底，不過其實一直到三年級都還能繼續待在一班的，也只有這四個人。

一年級的時候彼此相當契合，而他們一同經歷的切磋琢磨，大概也化為了寶貴的財產吧。

「喂喂喂，里奧納多！蛞蝓那麼小耶？就算都是肌肉，意義上也不同吧。」

「呃，不是啦，所以說……還不都是巴茲先說肌肉怎麼樣的！」

「……唉，巴茲明明頭腦很聰明，為什麼聊天總是會這樣……」

「嗯？喂，艾因，我覺得自己剛剛好像被羅蘭瞧不起了，是錯覺嗎？」

「不是**好像**，我想你確實被瞧不起了。」

「唔，喂！果然嗎？真是的……羅蘭真是個過分的傢伙！」

艾因和他們一同行動的這件事也獲得了艾因周遭人們的贊成。

迪爾已經從學園畢業，沒有其他在學園內護衛艾因的人。

只要複數人聚在一起就能起到護衛作用，而且其中有像里奧納多和巴茲這樣的貴族之人，那就更有這一層意義。

現在在王城擔任騎士的迪爾，甚至也私下向他們三人道過謝。

——結束了玩笑和不著邊際的話題，巴茲站起身。

「好了，那麼我差不多也該去訓練了。」

看了看時鐘，現在大概在剛過中午的時段。

「啊啊，說得也是……我也稍微去工坊露個臉好了。」

「我也想說要去圖書館自習一下。那麼殿下，我先告辭……有人來了。」

就在三人站起身，準備解散的瞬間。

有幾名騎士急忙從里奧納多察覺的方向靠了過來。

「那身打扮……是近衛騎士團啊。也就是說，大概是找艾因有事吧？」

「以防萬一，我們姑且在這裡待命到近衛騎士抵達。」

里奧納多之所以會說以防萬一要在這裡等待，是因為擔心會有人打扮成騎士的樣子前來襲擊艾因。

「嗯，說得也是。」

羅蘭回應他的話，三人便站到艾因座位旁。

「——殿下，羅伊德大人捎來傳話，因此在下才會立即前來學園。」

語畢，他展示了自己的狀態分析卡。

確認是伊修塔利迦的騎士沒有錯之後，里奧納多三人為了不打擾對話便退到後方。

「謝謝你。那麼內容是？」

「在下惶恐……由於內容為機密，在這裡不便多談。」

「殿下。」接著，里奧納多便開口這麼說，視線看向艾因並改變態度。

「殿下，我們就此告辭了。」

「祝您有美好的一天，殿下。」

「啊，那個……明天再見，殿下。」

「嗯，那麼明天再見。」

按照里奧納多、巴茲、羅蘭的順序打過招呼後，大家同時解散。

確定他們離去之後，近衛騎士言及機密事項：

「──國難等級的魔物出現了，克莉絲汀娜大人已前往對應，包含這件事在內，羅伊德大人有話要稟報。」

對於克莉絲前往對應魔物這件事，艾因感到不可思議。

克莉絲在伊修塔利迦也是屈指可數的實力派，她是近衛騎士團副團長、奧莉薇亞的專屬護衛，現在也擔任艾因的護衛。

聽到騎士說特地將這樣的克莉絲派往討伐魔物，他深深地皺起眉頭。

（……狀況似乎很糟，這個人的臉色也不好。）

仔細一看，近衛騎士的表情佯裝平靜，額頭卻浮現汗珠，看起來好似在隱忍些什麼般，讓艾因感受到他的拚命。

「……我現在就回王城，護衛我。」

「是！」

學園的入口還有多位騎士。

無論是前來傳話的騎士，還是待命的騎士，所有人都穿著近衛騎士的盔甲。

「辛苦你們迎接了，我們立即回王城。」

艾因對騎士們的態度，展現出漸漸適應作為一位王族的威嚴。

若是像現在的突發狀況，能容許用這種簡潔的態度讓他感到很感激。

◇◇◇

縱使是這種時候，水上列車仍是移動最快的交通工具。

艾因在近衛騎士的包圍下，回到了白玫瑰車站。

艾因在許多近衛騎士的保護下，乘坐只有一般車廂的水上列車。看到這樣的情形，其他乘客們大概也懷抱「發生什麼事了？」的疑問吧。

不過，被他們異樣的氛圍折服，沒有人敢上前詢問。

「——備馬車。」

「已經在這裡準備好了。」

「來，殿下，請來這裡。」

備好的馬車，是四匹馬拉的特製馬車。

特製馬車的速度比平時艾因使用的馬車還要快，且大多都只有辛魯瓦德一人會使用這種馬車。

看到這幾乎可說是國王專用也不為過的馬車，艾因感覺到異樣的氛圍漸漸升高。

「……馬上出發。」

迅速坐上馬車的艾因催促馬夫出發。

聞言的近衛騎士們坐上馬，圍繞在馬車四周後發車。

馬車發揮超越平時的速度狂奔，周遭則圍繞著駕馬的伊修塔利迦近衛騎士團騎士們。

那模樣和總是平穩的都城大道實在不相稱。

艾因在馬車中思考。難道說，昨晚不好的預感命中了？

捎來傳話的是羅伊德。也就代表羅伊德應該在王城裡吧。等抵達之後，必須要馬上詢問羅伊德。

——艾因在馬車裡懊惱地跺腳，並期盼能快一點抵達王城。

硬要說的話，雖然無情，不過若他只是聽到騎士前往討伐，或許也不會這麼擔心吧。

正因為對象是一直護衛並訓練自己的克莉絲。她是最貼近自己的騎士，怎麼可能不重視她。

「如此緊急失禮了！王儲殿下已抵達！」

抵達王城。近衛騎士停下馬車，甚至粗暴地打開車門，卻不聞有人責備的聲音。

若換作平時，大概會出聲斥責的文官也很著急。

「殿下！您回來了！」

「歡迎回來，殿下！陛下在大會議室裡等您！」

他們心急地歡迎艾因的歸來。

「我知道了，我直接過去。」

王城之中十分嘈雜。

縱使如此，注意到艾因入城的騎士、僕役，以及文官仍一如往常地低頭致意。

然而唯有今天，他們平時的優雅一點兒也不剩。艾因也是如此，踩著近似小跑步的倉促步伐前往大會議室。跟著他的騎士們也同樣加快腳步，沒有任何人斥責他們的行為。

熱氣、混亂、好幾人的大喊傳到了門外。艾因完全不在意這些事情，他甚至沒有敲門便打開了大會議室的門。

——這讓大會議室有一瞬間取回了寂靜。

「陛下，我回來了。」

艾因環顧會議室。

奧莉薇亞伴在辛魯瓦德左右，而瑪莎則為了支撐她而站在身邊。

「……嗯，抱歉突然把你叫來。」

「不勞費心。您似乎還在會議中，來個人向我說明。」

這是平時絕對看不到的艾因。他強勢的態度簡直不容任何反駁。

他釋放的氣勢完全符合王族風範。

「過來這裡。各位，繼續會議！」

辛魯瓦德把艾因叫到附近。

和平時不同，一臉嚴肅的沃廉和羅伊德守候在他的身邊。

「我接到羅伊德先生的傳話歸來。到底發生了什麼事？我聽說是危險的魔物——」

「非常抱歉，突然聯絡還勞煩您趕來。」

羅伊德語畢，走到艾因面前。

「——是海龍。牠現身在港都瑪格納的海面……雖然說是海面，實則十分臨近陸地。」

艾因的眉毛瞬間上下抽動，並察覺其話語的含意。

果然，昨晚他聽到的就是關於海龍的事。

「克、克莉絲小姐……不要緊嗎……？」

艾因的瞳孔宛如磨利的劍般發光。

在羅伊德回答之前，奧莉薇亞就一邊啜泣，一邊貼近艾因。

「艾因……艾因……！克莉絲她……克莉絲她——」

「母、母親？您怎麼了！」

慌張的奧莉薇亞最後用小如蚊蚋般的聲音細語。

「克莉絲會死的……」她緊抓著艾因的衣襟這麼說著。

「……剛剛那句話是什麼——」

「艾因殿下，從這裡開始由我來說明。」

站在一旁的沃廉插嘴，他始終貫徹冷靜的態度。

艾因將手放在緊抓他衣襟哭泣的奧莉薇亞頭上，呼出一口氣後催促他說下去。

「海龍擁有超越奧莉薇亞皇家公主號的巨體，因此力量十分強大……更具體形容，可說是狂暴。」

就算他不說，艾因也很清楚。

在遠足的歸途，他打從出生之後，就從未經歷過凌駕那之上的恐懼。他當時雙腿發軟，感受到明確的死亡恐懼，身體不禁發顫，並在克莉絲的攙扶之下逃到船內。那苦澀的記憶他從未忘記。

「從遠足回來的路上，我便遇上了海龍。我非常理解牠是多麼強大又可怕的存在。但是，為什麼克莉絲小姐非去不可？克莉絲小姐是近衛騎士團的副團長——派出克莉絲小姐，也太奇怪了吧！」

聞言的沃廉也點了點頭，然而他的表情卻灰暗而嚴峻。

艾因不能理解的只有一件事，為什麼非得要克莉絲前往不可？

雖然他當然很明白，其他騎士也有自己的家人，不過作為他親近的存在，艾因對克莉絲也有特別深厚的情感。

「沃廉先生，請回答我吧。」

語畢，艾因察覺沃廉額頭冒出的汗水。總是冷靜的他到底是怎麼了？令人不悅的緊張感襲向艾因。

「……我們遇到異常狀況。」

那是比海龍來襲還要更加異常的狀況嗎？艾因屏息，他的額間不知不覺也冒出汗水。

——沃廉口中接著說出了艾因想也想不到的絕望。

「出現的海龍……有兩頭。」

有一瞬間，艾因的思緒沒能跟上沃廉的話語。

在僵直了幾秒後，他終於脫口而出的聲音卻十分無力，莫名無助而虛弱。

「——那麼巨大的海龍竟然……出現兩頭？」

「我就老實說了，這次的損害肯定會是過去以來最大的一次吧。若不進行對應，那麼整座港都瑪格納，都將被化為泡影。因此，必須要派出能夠下達精密指揮的人——」

艾因理解了奧莉薇亞脫口而出的話。

就算再怎麼提升科技，號稱國難的魔物若出現兩頭可就另當別論。這大概不會只是單純的翻倍，處理的難易度也會提升到完全不同級別的程度。

「這樣的話……為什麼羅伊德先生會留在這裡？既然還有陛下的船，必須多送一點戰力才行……！只派出克莉絲小姐一人，實在是瘋了！」

「艾因殿下……羅伊德閣下不應該離開這裡。」

「怎麼會……為什麼……？」

「若是有個萬一，王城的守備會變得薄弱。再加上王族的船雖然確實是強大的兵器沒錯，但是對海龍來說，只不過是硬一點的靶子……」

艾因低頭噤口。

我什麼都做不到嗎？明明她，明明克莉絲遇到危險，難道我只能待在王城裡嗎？艾因不禁自問。

正因為王儲是國家的未來，所以只要考慮到王儲會死亡的可能性，就絕對不會允許王儲前往危險地帶吧。但是，艾因卻無法容許現在這個狀況。

「艾因！為了伊修塔利迦，只能讓克莉絲去處理，別無他法了……！」

辛魯瓦德說的話絕對沒有任何錯誤。

作為王，他沒有下達錯誤的判斷，確實是正確的吧。

「——但是我……！」

問題就出在，艾因能不能接受這一切而已。

（縱使接受一切就是王族的職責……我也……！）

回過神來，他的腳正細細打顫著。

面對名為海龍這過於強大的存在，恐懼深深烙印在腦海中揮之不去。

（我不想去。好可怕——我怎麼可能贏得過那種魔物……！）

那比巨大的海怪要更加龐大，能夠輕易獵食海怪的海龍……而且還有兩頭。

乾脆就這樣睡去，等待克莉絲平安歸來的喜訊。這般消極的想法與艾因的理想相差甚遠，卻漸漸占據他的內心。

（但是……）

這個做法也讓他感到害怕。

若是醒來時，他接到了克莉絲戰敗的消息會如何？比起任何事物，這才是最可怕的。

「我……」

他緊緊握著手，指甲甚至掐進肉裡，艾因低著頭喃喃出聲。

他的腦中閃過至今為止和克莉絲一同度過的回憶，一想到再也沒辦法有同樣的交流，他的心便感到疼痛。他的嘴唇乾澀，心跳強烈到甚至傳遍全身。他不斷冒出手汗，接著用力閉上眼。

「我——」

似乎可以聽見緊緊握住的手傳來骨頭的摩擦聲。艾因睜開眼，直直看向辛魯瓦德。

拜託不要再說下去了。辛魯瓦德用眼神傾訴。為了接著說下去，艾因需要的是至今為止從來沒有過的強烈勇氣。

他緩緩伸手想鬆開制服的領帶，頓時有種和克莉絲的手重疊的感覺。這條領帶今早才被她以有點受不了的模樣重新整理過——艾因下定決心，開口說道：

「——我現在要前往瑪格納，為阻止海龍而戰！」

艾因面對辛魯瓦德如此斷言。

「靠艾因一個人能做什麼！而且，朕怎麼可能允許！」

「我是在明白一切的前提下仍然這麼決定。不過，我會使用黑暗騎士的力量戰鬥。」

「唔……！朕、朕現在要作為祖父勸你！朕不打算讓艾因前往危險的地方！這和沃爾夫那時候的情況不同！」

「是啊！您是王儲……要是有個萬一……而且，艾因殿下的身體已經不是只屬於艾因殿下的了！」

繼辛魯瓦德之後，沃廉為了讓艾因冷靜下來而這麼說。

艾因的舉動作為王族大概很失職吧。縱使如此，艾因仍然停不下來——

「初代陛下的話，不可能會待在王城中默不做聲。既然這樣，我就要像與魔王戰鬥的初代陛下那樣，去與海龍戰鬥。」

「……艾因殿下。無論如何，我都會阻止您去瑪格納。」

「羅伊德先生，但是我沒辦法靜靜地坐在這裡。陛下……爺爺！至少也讓我去瑪格納吧！」

「你這個愚蠢的孩子！不要讓朕重複說一樣的話！」

若艾因前往瑪格納，不可能會乖乖待著不動。

而且，他根本也無意准許他去危險的地方。

「不行……！怎麼能連艾因都去那麼危險的地方……！」

奧莉薇亞雙眼泛淚地說著，這讓艾因痛徹心扉。

「你看，奧莉薇亞都這麼說了。然而艾因，你貴為王儲，卻仍執意說要去瑪格納嗎——！」

辛魯瓦德釋放出王的威嚴。

那話語深深刺入艾因的身體，像是要割裂皮膚的空氣襲向艾因。

「……是的！縱使如此，讓克莉絲小姐一人前往也……！」

「——是嗎？艾因，朕十分了解了。」

這個回應簡直堪稱希望。

我的熱情傳達給他了！就在艾因的嘴快露出笑容的瞬間——

「意思是阻止你也沒有用吧……羅伊德，就讓你扮黑臉了。」

艾因的意識就此中斷。

站在他背後的羅伊德一臉悲傷地放下手。

「這就是屬下的工作，還請陛下不要介意。」

「嗚——父王？為什麼要對艾因……！」

「要是不做到這種程度，這位王儲就會追隨克莉絲前往瑪格納了吧！」

「我沒有聽說您要使用暴力！」

悲傷轉變為憤怒，奧莉薇亞的雙眼簡直要射穿辛魯瓦德。

她將艾因放在膝上，保護他一般雙手環抱著他。

……在會議室裡的人們大概也沒想到會用蠻力，各個充滿掩不住的訝異。

「瑪莎啊，過來這裡。」

「……是，悉聽尊便。」

感受到緊張與迷惘，瑪莎回應辛魯瓦德的聲音。

「把奧莉薇亞帶到她的房間去，在朕下達許可之前不准她出來！羅伊德！把艾因帶到凱蒂瑪身邊！」

◇◇◇

大約過了十幾分鐘。

艾因在王城地下室——凱蒂瑪的研究室中甦醒。

「你醒了喵？」

「奇怪……我……為什麼在這裡……」

後腦杓閃過一絲悶痛。

看來他是……

「……唉，沒想到竟然會用上蠻力。」

「受到這種對待也是當然的喵。那麼，你的狀況如何？」

「沒怎麼樣。硬要說的話，大概就是心情差到極點了吧。」

「嗯，若只看今天的話，你那樣是正常的喵。」

艾因扶起上半身。

「咦？我穿的不是學園的制服。」

不知不覺，他換上了王城內穿著的王儲服裝。

「是誰幫我換衣服的？」

「是我喵——騙你的喵，是瑪莎換的喵，所以別用那種看怪東西的眼神看向我喵。」

「唉唉……睡著的期間被換衣服讓人有點難為情呢。」

「也沒什麼好在意的喵。只要瑪莎出動，幾秒鐘就換完了喵。」

雖然這下讓他反而想看看瑪莎的技術，不過他首先大大地吸了一口氣並環顧四周。

他躺的位置是放在研究室裡的沙發。因為是高級品，所以睡起來感覺不錯。

他站起來，走向研究室的門轉了轉門把。

「我姑且一問，妳不會讓我出去對吧？」

不過，看到門完全打不開，艾因便露出苦笑。

「不會讓你出去喵。縱使我准你出去，外面也施加了鎖，所以出不去喵。」

「我想也是……也就是說，已經束手無策了？」

「雖然只有一個，不過硬要說的話有逃脫的手段喵。現在把我殺了，再讓外面的人開鎖，然後離開研究室之後不能被任何人抓到，安然逃出王城再前往車站喵。」

「……妳在說什麼傻話啊？」

實質上等同於沒有對策，也想不到脫離困境的方法。

他一點也不想思考危害凱蒂瑪的方法，而要開鎖也很困難。

「不對，不是有一個嗎？使用黑暗騎士，硬闖出去就好了。」

「不可能喵。」

照理來說是沒有問題的，但唯有今天連這個方法都不可行。

「……這個房間幾乎不能使用魔力喵。這裡備妥了量身定制的封印喵。沒想到父王竟然會認真到這種地步喵……」

「事前準備也太完善了吧……」

「要想破除這種要塞，除非是魔王，不然就只有擁有相近力量的人才辦得到了喵……」

艾因再次失去對策。

真的已經沒有能做的了嗎？這樣就完全結束了？只能等待克莉絲平安歸來……一想到這裡，艾因的腦袋似乎要瘋了。

「凱蒂瑪阿姨推薦什麼方法？」

「靜靜地等喵。祈禱克莉絲平安歸來喵。」

「是要我求神嗎？」

好久沒有說出神這個詞了。

一直到今天為止都沒有回顧的那個白色空間，在那裡的交流掠過他的腦海。

「唉唉……神啊，幼女神啊，請給我一點智慧吧。」

雖然他當然沒有懷抱期待，不過艾因開始祈禱。

祂是否有在看著艾因，這種事完全無從得知。

有做總比沒做好。他抱著這樣隨意的心情。

「你那是什麼祈禱……根本沒有要祈禱的意思喵。」

說什麼蠢話啊？凱蒂瑪嘆口氣。

「這樣就行了啦。那個人的話，這樣就會懂我了。」

「雖然不知道你在說什麼，不過算了喵。你就做到你開心為止喵。」

「……我會照做的。」

艾因不斷繼續祈禱。幼女，幼女……？現在在做些什麼呢？

還穿著那身好似會感冒的衣服嗎？一直待在那白白的地方，感覺腦袋好像會瘋掉……還是已經瘋掉了——艾因腦中浮現的言詞，只能說是不敬。

——接著。

「呃……奇怪？凱蒂瑪阿姨……？」

在研究室內走動的她，動作不自然地停了下來。不，仔細一看，就像是很不得了的慢動作。宛如壞掉的電視機一般，顏色從艾因的視線中消失。世界變得黑白，連聲音都消失了。

艾因的身體毫無異樣感且能夠自由行動，於是他發現奇怪的人只有自己。

「這是……」

他毫無頭緒。這是魔法嗎？

他想過是辛魯瓦德施加的封印效果這個可能性，但若是這樣的話，對艾因沒有用實在不可思議。

他一邊困惑地觀察四周，在腦袋彷彿要裂開一般的衝擊之後——

「仔細看看房間，汝這個蠢蛋。」

他聽見了聲音。

那個時候的那個場所。是那個將自己送到這個世界來的，特別的存在。

「唔——!」

在聽見聲音後不久。

因為剛剛的衝擊,艾因抱著頭,不過當他對清楚聽見的聲音露出笑容後,顏色回到了世界上,宛如什麼事都沒發生過一樣。

「哈哈……!謝了,神明大人。」

「嗯?你剛剛有說話喵?」

「不,我沒有對凱蒂瑪阿姨說話。」

「……是自言自語喵?」

剛剛的聲音是幻聽嗎?還是真有其聲?沒有人知道答案。

不過他認為那絕對是提示。

仔細看看房間——有什麼東西……這間研究室中,有什麼關鍵吧。

「你有時間做奇怪的祈禱,不如來幫忙喵。」

「幫什麼忙?」

「那還用問喵?我都特地買新資料來了喵,當然是找重點情報喵!」

凱蒂瑪的表情也沒有以往的從容。

她也和艾因一樣,在擔心克莉絲嗎?

(對不起,凱蒂瑪阿姨,我擅自採取行動……!對了,還有那個……!)

正為自己自作主張賠罪時……**艾因找到了**。

神給他的建議。從研究室中找到了打破這個狀況的手段。

「神明大人，謝謝。原來還願意守護我啊。」

「艾、艾因？所以你到底在說些什麼喵？」

他是不是終於瘋掉了？凱蒂瑪以擔心的視線投向艾因。

「不，沒什麼。我會幫妳的，妳等等喔。」

「喵嗚……那、那就好喵。」

接著，艾因靠近打破這個狀況的手段——**詛咒的魔石**。

「這顆魔石啊，真的不知道究竟是什麼耶？」

「就是說喵。所以這份資料應該會是關鍵喵……但是翻譯完全沒有進度喵！」

艾因一定已經恢復冷靜了。

暫且安心的凱蒂瑪坐上沙發，視線離開了保持一段距離眺望魔石的艾因。

最後確認她做了這樣的舉動後，艾因終於伸出手。

「凱蒂瑪阿姨……對不起。」

「嗯？什麼喵？」

「不管它有沒有被詛咒，現在的我都需要這顆魔石的力量！」

凱蒂瑪一邊盯著書，在聽到「對不起」仍隨意回應。

此時，艾因的手緊緊握住詛咒魔石。

「……來、來了……！」

和之前一樣，在抓住這顆魔石的瞬間。

艾因背後出現又粗又寬，骨節分明的幻想之手，那比他自己放出來的還要更加強大。

「你——為什麼你能使用幻想之手喵……？快住手喵！」

凱蒂瑪慌慌張張地站起來，並用身體壓住艾因的後背。

然而，這次和之前不同。

『——不要動。』

出現在房間裡的聲音是女性的聲音，和之前感覺到的氣息不同，明確地傳達了自己的存在。

凱蒂瑪全身像是被束縛住般動彈不得，回過神來連指尖都動不了……硬要說的話，她除了呼吸之外的行動均被封住了。

「為什麼動不了喵……？艾因！你到底要做什麼喵！」

在一旁看著疑惑而戒備的凱蒂瑪，艾因被柔軟而溫暖的靈氣所包覆。

那充滿了與奧莉薇亞相似的甜美魅力，讓人不禁想委身其中。

（這顆魔石一點味道也沒有。）

不過相對的，艾因感受到溫暖的感覺，驅使他繼續吸收魔石。

宛如嬰兒在吸食母親的母乳般，在結束前他只是埋頭吸收。

「你、你在吸收喵？太危險了，快停下來喵！」

「我不是說對不起了嗎……凱蒂瑪阿姨。」

無視她的呼喊的艾因繼續吸收，詛咒魔石終於失去了色彩。

就在一眼便能看出魔石已空，完全沒有內容物殘留時，最後的聲音響起：

『謝謝你……歡迎回來。』

那聲音這麼說。

聽見比剛才還要更加溫柔的女性聲音，艾因自然地流露笑容。

高漲的力量，且不知為何知道力量的使用方式。艾因一邊對此感到疑惑，靜靜地放下空的魔石。

「結束了喔。」

「結束什麼——結束！喵！」

沒有辦法移動身體的凱蒂瑪，似乎連說話都有難度，一邊流著汗一邊開口。

「啊啊，抱歉……嘿咻，這樣可以了吧？」

「喵、喵喵喵……！雖然能動了……你到底做了什麼喵！」

「我也不是很懂，不過我隱約知道使用方法。所以，凱蒂瑪阿姨已經沒事了……那我就走了。」

這麼說完的他一伸手，研究室便被宛如玻璃碎開的聲音包覆。

不知道是什麼聲音，凱蒂瑪感到不可思議，不過在看到艾因若無其事打開門的瞬間就理解了。

「你把封印破壞掉了喵……？」

「對不起。但我回來時一定會賠償的。」

「為什麼你能破壞喵……不，什麼賠償？你在說什麼喵！」

「因為一兩百年才會出現一次的魔物很稀有吧？所以我回來之後用那個素材支付……要等我喔。」

看到艾因從研究室走出來，看守研究室的值班騎士也不禁腿軟。

這也是當然的吧。畢竟凱蒂瑪也說過，若不是魔王，或是與他相似的人物來對抗，就沒辦法破除這間研究室的封印。

「殿、殿下……！」

「您為何有辦法出來？」
「辛苦你們看守了，我稍微出去一趟。」
然而艾因卻破除了封印，究竟是怎麼回事？
他吸收的魔石，其真面目到底是？凱蒂瑪的思緒完全追不上。
艾因彷彿在鼓舞自己般開口說：
「好了，走吧！前往港都瑪格納。」

◇ ◇ ◇

「呼……呼啊……緊急狀況，失禮了！羅伊德大人在這裡嗎？」
聽見騎士的聲音，站在辛魯瓦德隔壁的羅伊德回應：
「怎麼了！」
「殿、殿下他……！殿下他逃離地下研究室了！現在似乎正朝著外面移動！」
「——可惡的凱蒂瑪，竟然幫助他了嗎？」
「……陛下，有瑪瓊利卡閣下性質的封印，就算是凱蒂瑪殿下，也難以從內側破除封印吧？」
提點了辛魯瓦德的哀嘆，沃廉自己也困惑地看向羅伊德。
「手段之後再問就行了。陛下，屬下這就去阻止艾因殿下。」
雖說是突發狀況，不過元帥羅伊德的態度十分冷靜。
他腦中所想的就是要為了守護王儲的人身安全拼盡全力——僅有這一念頭。

「……嗯，交給你了。」

辛魯瓦德鬆了口氣。

就像可靠的羅伊德所說，他逃跑的手段之後再問就好了。

「用上近衛騎士也無妨，無論如何都要阻止他。」

「是！遵命。」

面對現在的艾因，就連羅伊德也難以從正面以肉搏戰阻止他。

理解這一點的羅伊德，伸手拿起裝飾在會議室的未開鋒的劍。

「借我一用。」

「無妨。若受點小傷就能阻止他，朕不會追究羅伊德的行為。」

——另一方面的艾因。

雖然才剛逃脫研究室，不過不知為何凱蒂瑪和他並肩走在路上。

「我能做的就這麼多了喵，我累了，要回自己房間休息了喵。」

「妳不阻止我了？」

「阻止你還會聽的階段已經結束了喵。最後能做的頂多就是祈禱而已喵。」

「……要讓妳擔心了。」

「真的喵。真是的……！」

雖然說得輕佻，不過他能感受到凱蒂瑪擔心的心情。

「好了，到這裡就分開喵。要是你不平安回來，我可不饒你喵！」

凱蒂瑪突然蹦蹦跳跳地踩著輕快的步伐跑走。

明明離分開的路還很遠，她卻像是注意到了些什麼，和艾因道別並跑向自己的房間。

「怎麼這麼突然……」

在出了地下室後，他馬上就明白了理由。

通往大廳的道路旁，一名女性背靠著牆。

「貴安，艾因……昨晚才見過呢。」

——庫洛涅・奧加斯特。

這幾年來出落得更加美麗的她向艾因攀談，後者自然而然停下腳步。

「嗯，昨晚才見過，我很高興今天也能見到妳。」

「呵呵——能讓王儲殿下這麼說，倍感光榮。您意下如何？要不要現在來我的房間喝杯茶？」

在眾多千金聚集的禮維女子學園中，她十分有人氣，甚至擁有「奧莉薇亞再現」的美譽。

光是從車站走往學園的模樣就擄獲了許多異性的心，甚至還有在半路被求婚的經驗。

如此美麗，教養良好的她，想與其締結良緣的男性如星星般繁多，然而他們的願望卻不可能實現。

理由自是不用說，就是因為艾因。

「和庫洛涅這麼漂亮的人單獨喝茶，連我也會緊張呢。」

「哎呀，真令人害羞……那麼，我們去我的房間吧？」

對話看起來有些生硬，是因為庫洛涅內心有所迷惘。

這是她隱藏心情，為了不在艾因面前展現慌亂，拚命偽裝的結果。

「雖然妳邀請我，不過很抱歉，我今天已經有約了。」

「……真是過分的男士。虧人家好不容易鼓起勇氣邀請你。」

「我得去擊退有點大的魚才行。回來的時候我會從瑪格納買點美味的海鮮，晚上要不要大家一起享用一頓佳餚呢？」

不過，無論她怎麼邀請，艾因都不答應。

縱使用指尖撥弄他的頭髮，撒嬌般靠近他，艾因仍然拒絕。

「……你真的要去啊。」

「嗯。」

「縱使我這麼努力阻止你？」

「嗯。」

艾因的決心堅定。

「縱使我現在說，我的一切任你擺布也一樣？」

「……我差點就動心了。但我還是要去。」

僅有最後這句話摻了點笑意。

庫洛涅和艾因緊緊互相擁抱後又馬上分開，她彎著腰抬頭看著艾因。

「……紳士如此堅定自己的意志，若是女人鬧脾氣，一直懇請不要去，是否會太不解風情？」

聽見這句有她作風的說詞，艾因不捨地回答：

「不會不解風情，妳擔心我也讓我很開心……所以，我希望妳能等我一下就好。」

那一下明明很久。看到庫洛涅以勇敢的笑容回應，艾因的心跳猛烈跳動。

「唉……你從以前就是這樣，真——的很頑固呢。」

她稍微側身，把路讓給艾因。

「謝謝妳。我很喜歡庫洛涅這一點喔。」

「哼嗯？你不願意說你喜歡我啊？」

「啊、啊哈哈哈……那個，這方面的事情就留到下次……」

之所以無法坦率說出好感，是因為難為情。

雖然讓人感到焦急，不過縱使如此，庫洛涅也將其視為艾因的作風並接受。

「至少這種時候要說出口，女生會比較開心喔？你有好好記住嗎？」

「嗯，我記住了，下次有機會就做為參考吧。」

艾因很慶幸自己此時能和她說上話。

這讓他充滿全身的氣魄更加高漲，在瑪格納似乎也有辦法好好努力。他用力點了點頭。

——走過庫洛涅身邊的瞬間，她又再次靠近艾因。

「嗯……路上小心。這是來自女神的祝福喔。」

感受到臉頰柔軟又溫暖的觸感，艾因一邊感到驚訝，雙頰染上緋紅。

「這份祝福，讓我覺得一定會贏呢。不過，不是親嘴唇啊？」

「這是學艾因的啊。留到下次……先這麼說的人是你吧？」

「……原來如此，又讓我學到怎麼回應了。那麼，我真的要走了。」

為了讓奔跑而去的他能繃緊神經全力以赴，目送他離開時，庫洛涅不會展現自己的懦弱，也絕不讓他看見自己的眼淚。

然而，那也不過是一瞬間——在艾因離去後，庫洛涅的臉上馬上便滾落大滴淚水。
她用食指拭去眼淚，並雙手合十向神祈求。
希望艾因能夠平安歸來。她只是一個勁地拚命祈禱。

獨自狂奔的艾因前往大廳。
他必須要趕快打開門，跑到外面去趕往白玫瑰車站才行。
該說是果然嗎？他本來就覺得不會那麼順利。大廳已經有巨大的障礙在等著艾因。
「哎呀哎呀，艾因殿下，貴安！」
「……你果然在啊，羅伊德先生。」
通往外面的大門前站了許多近衛騎士，羅伊德就站在離他們幾步之遙。
「天氣可真好……那麼，您這麼急是要去哪裡？」
他早已知道事情會演變成這樣。來吧，好戲上場。艾因繃緊神經。
對手是元帥。統一制國家伊修塔利迦最強的一人。
雖然艾因清楚自己贏不了，但他已經無法停下來。
「我看天氣很好，想說出門散散步。你要一起來嗎？」
「嗯嗯，感謝您的盛情邀約，不過我的工作還沒有做完啊……」
「那真是可惜，不過機會難得，我自己一個人去吧。」
「那可不成，您需要護衛跟隨才行。不過……您打算去哪裡呢？」
以這句話為界線，氣氛有了改變。

嚴峻緊迫的氣氛，甚至讓人覺得連玻璃窗都在搖動。

他至今為止從未感受過元帥羅伊德散發出來的魄力，那壓迫感簡直讓他聯想不到有什麼能比擬。

近衛騎士們也被氣場壓迫，他們的額頭冒出了汗水。

「我想說要去看看海，順帶吃點美味的海鮮……也不錯。」

「……哦，如此英俊挺拔，實在出色。正因如此，不能將伊修塔利迦的寶物送往死地。」

羅伊德的話，是在稱讚艾因沒有被氣勢壓制。

接著，說出此話的同時羅伊德大大踏出一步——

「我一定……要去瑪格納……！」

還差那麼一個瞬間，羅伊德就能迫近到艾因的胸腹了吧。

就在千鈞一髮之際，他總算用出了力量。

「嗯……！這、這到底是……？」

他釋放讓凱蒂瑪靜止不動的力量，包含近衛騎士在內，所有人的動作都停了下來。

別說是原理了，就連自己做了些什麼，連他自己都無法理解。

然而在那更深處，雖然無法用言語表達，不過那宛如靈魂般的地方，隱隱約約能夠理解。

「……破壞封印的事情也是，這停止動作的能力也是。艾因殿下似乎突然變強大了。」

「……羅伊德先生還真是從容呢，明明凱蒂瑪阿姨連說話都很費勁。」

「我好歹也是元帥。不過……嗯，就連我要行動都很**困難**呢。」

這麼說的羅伊德額頭冒出汗珠。

他現在大概也很拚命地想要動起來吧，不過卻無法自由操控身體。

不過，他以彷彿隨時都會動起來的銳利眼神直視艾因。

「趁羅伊德不能動的期間，我就先走了。」

丟下宛如逃跑般的台詞，艾因不由得加快腳步離開。

他經過羅伊德和近衛騎士身邊時，不禁停下腳步，聆聽背後傳來的聲音。

「勝者為王，敗者為寇，輸家沒有資格抱怨。不過艾因殿下，您現在是要去執行自己想做的事情，還請您千萬不要忘記，行為會附帶許多責任……」

羅伊德乾脆地退讓了。

雖然在意他的真意為何，不過艾因不能錯過這個機會，便打開門跑了出去。

他用雙腳狂奔，繼續朝著白玫瑰車站前進。

——艾因離去後幾分鐘。

「真是的，真是位超乎常理的殿下啊。」

大廳中，近衛騎士們的身體仍然僵直在原地。

羅伊德獨自喃喃自語，正當他思索著對策，遲來的沃廉不禁驚叫出聲。

「雖然我不知道發生了什麼事，不過艾因殿下人走了這件事，我倒是看出來了。看來我們的王儲殿下，淘氣程度甚至超越奧莉薇亞殿下呢。」

「沃廉閣下說得沒錯。那麼……哼嗯！」

羅伊德身體用力，悶哼一聲。

伴隨著某種東西迸裂的聲音，他奪回了身體的自由。

「哎呀？原來是鬧劇嗎？」

「雖然我確實想這麼說，不過很遺憾地，我剛剛完全大意了。現在應該是因為和艾因殿下有段距離才得以解除。」

「嗯嗯……那麼，羅伊德閣下知道殿下做了些什麼嗎？」

「大概是束縛系的魔法吧，我完全沒想到他竟然會使用那種高階魔法。束縛系只要有防衛手段就能輕易彈開，不過問題是我們現在沒有那種防衛手段。」

那些魔法只要使用魔物素材製成的裝備便能輕易防下。

不過，大家身上穿的都是一般裝備，沒有穿防衛用的裝備正是敗筆。

「要我出手相助嗎？」

「嗯……說來慚愧，但麻煩了。」

◇◇◇

平安離開大廳後，艾因往城門奔去。

又沒辦法叫馬車。畢竟他大概已經不能用了吧。

既然如此，就只能全力奔跑了——

「可惡……王城真的大到誇張啊！雖然是自己家，但實在大到太蠢了！」

王城白銀之夜十分寬敞，光是要到外頭，就必須要跑過相當一段距離。

那讓現在的艾因感到十分不悅。

在那數十秒之後終於抵達城門的艾因，此時又有別的人物在等著他。

「艾因殿下……沒想到您會到這裡來。您是怎麼脫離父親大人的妨礙？」

「唔——迪爾……！」

自從他畢業之後，負責護衛艾因的機會也變多了。

現在兩人的關係融洽到和以前簡直無法相比，雖然他還是年輕的新人騎士一員，不過和艾因的護衛見習生時期相比，實力已增長到獲得城內騎士的認同。

「你阻止我也沒用。我要直接去瑪格納。」

不過，坐在馬背上的迪爾，完全沒有說出要阻止艾因的話。

「您誤會了……從這裡開始由在下陪同，請使用這邊的馬匹吧。」

他的話讓主人艾因一愣，接著他從暗處又叫了另一匹馬來。

「你、你不是來阻止我……？」

「在下雖侍奉伊修塔利迦，但是在那之前，侍奉的是艾因殿下個人。」

「不不不！就算是這樣，你做這種事——」

「正因為情況緊急，在下才要輕佻地告訴您。若在下因此失業，還望艾因殿下雇用在下為個人專屬騎士。」

迪爾露出符合他的爽朗笑容，並催促艾因上馬。

實在太令人感到可靠了。這麼一來似乎能儘快抵達白玫瑰車站。

「不管要花多少錢我都會雇用你……！要不然乾脆等我自己創辦騎士團，就指名迪爾當團長！我就是這麼感謝你！」

──能夠獲得馬匹實在幸運。
因為能比預料中還要早抵達白玫瑰車站。
艾因與迪爾下了馬車，車站因為兩人的到來掀起一陣譁然，他們盯著車站的入口。
「馬就放在這裡！我們儘快進去吧！」
「嗯！」
他們將馬拴在平時馬車停靠的地方並前往車站。
「……哎呀哎呀，殿下！怎麼了嗎？」
正好出站的瑪瓊利卡看到他們，便向一臉令人感到毛骨悚然的艾因問道。
「瑪瓊利卡先生，抱歉！我有急事要去瑪格納！」
「現在去瑪格納……？呃！殿下……您該不會！」
時常出入王城的瑪瓊利卡，一定知道瑪格納現在怎麼了。
瑪瓊利卡理解了情況，也明白艾因帶著迪爾一人趕路的理由，他的手緩緩伸到褲子口袋裡──
「殿下！帶著這個去吧！」
瑪瓊利卡將布袋丟給艾因。
聽得到裡面有堅硬物體相撞，發出「喀啷」的聲音。
「費用我會向王城申請，不用客氣儘管用吧！那是昨天剛進的貨，新鮮的治癒鳥魔石喔！」
治癒鳥的魔石能夠用來治療身體。
作為一點餞別禮，瑪瓊利卡將此交給艾因。

「謝謝你！瑪瓊利卡先生！」

「不會不會……祝您武運昌隆。」

那之後緊接著往列車跑去的艾因，接下來必須要想盡辦法，讓王家專用水上列車開動才行。

若換作平時，必須要先透過總管室等處聯絡。

然而當下的課題是到底要怎麼執行這項動作。

「艾因殿下，在下失禮，有件事向您稟報。」

「什……什麼……！」

一邊跑著，迪爾向他搭話。

「若不使用王家專用水上列車，交通會花上許多時間。然而若要驅動那輛水上列車，必須要經過許多手續！」

「嗯！我也在想那件事！」

「不過，唯有一個可以規避的方法。」

「嗯——？」

心想事成就是這麼回事。

艾因一邊跑，一邊看向迪爾的臉。

「那就是使用王族令。這是唯有王族才能使用的絕對命令權。不過，用途若被判斷不當，最壞的情況有可能會被逐出王族……！」

說是最壞的情況，不過幾乎可以確定會被這麼處分。

艾因背棄了王的命令，貴為王儲身分，卻為了前往危險地點行使權利，因此這也是理所當然的。

——不過，艾因卻笑了。

「這樣就能讓水上列車動了吧？」

「沒有問題。不過，雖然在下都已經陪伴您到這裡，不過在下仍然不推薦您這麼做！您應該明白理由吧？」

「……迪爾。」

「是！」

艾因在心中感謝迪爾。

接著，他將視線從迪爾身上移開，直視著王家專用水上列車的所在位置。

「繼續擔任我的護衛。我們按照預定，前往瑪格納！」

雖然早已知道會演變成這樣，不過迪爾也盡自己的力量，說出建議作為最後的抵抗。

既然主人已做好覺悟，那麼迪爾便下定決心，要為實現他的期望拼盡全力。

「遵命——艾因殿下。」

白玫瑰在那之後也人聲嘈雜。

站長一聽到王族令，沒有一點怨言便出動了王家專用水上列車。

不過在發車後，接到通知的辛魯瓦德一行人便使用聯絡器發出停車命令——然而，那份聯絡卻始終沒有傳達到。

很不可思議地，簡直就像受到電波干擾般，聯絡從未傳達到。

火爐簡直要被逼到極限。這種做法根本只有考慮如何撐到瑪格納為止，抵達目的地之後若是沒有更換火爐，恐怕難以再次出動吧。

水上列車發車後過了十幾分鐘，艾因開口詢問：

「你認為克莉絲小姐他們的勝率大概有多少？」

「……若只有一頭的話還有辦法獲勝。每當海龍出現都會伴隨巨大的損害，因此我們也做了相應的準備。為此努力的結果，正是打造出伊修塔利迦艦隊……」

然而，這次的海龍卻有兩頭。

「我希望你能直接告訴我。全滅的可能性比較高，是吧？」

於是迪爾沒有出聲地點頭。

「我想也是……好了。」

該怎麼做才能打敗牠呢？雖然前往現場的方法也是，不過靠自己這小小的身體，實在不認為有辦法打倒比奧莉薇亞皇家公主號還要龐大的巨軀。

現在的艾因心中懷抱的，與其說是恐懼，不如說是煩惱。不知是不是已經接受了恐懼，在王城感覺到那令人發顫的恐懼已消失無蹤，現在的他至少有煩惱攻略手段的從容。

「話說回來，您又要如何與海龍抗衡？換作是杜拉罕，縱使對手是海龍或許都有辦法戰勝。不過，艾因殿下並不是杜拉罕。」

黑暗騎士很強。

然而就像迪爾說的，現在的艾因實在太缺乏決定性的絕招。

（我做得到的戰鬥方式……並非臨陣磨槍，若不是我的力量就做不到的絕招……）

僅有一個方法。察覺到這件事情，艾因露出驚覺般的神色抬起臉。

他順帶摸了摸懷裡，確定自己有帶必要的用具後鬆了一口氣。

「迪爾！海龍的魔石在哪個部位……？」

「……應該是在額頭裡面。」

那又怎麼樣？迪爾的表情看起來彷彿這麼回應。

「……既然這樣，我也有能夠對抗的手段……！」

「艾因殿下！所以說，您為何要詢問魔石……！」

艾因沒有回答問題，只是同樣地再次丟出問題：

「迪爾，你覺得船該怎麼辦才好？」

「唉……在下明白，在下明白了！船嗎？艾因殿下想要的是船沒錯吧？」

「哈哈哈！謝謝你，迪爾。你真可靠。」

艾因對著有點受不了的迪爾露出笑容。

說會保護艾因的他，其存在實在可靠。

「就使用我們古雷沙家的船。應該說別無他法了。」

「幫大忙了。要是迪爾不在，真不知道會怎麼樣。」

「您說得正是，所以請您最後告訴在下吧。若您只打算去拚命，在下就必須要在此阻止艾因殿下才行。您沒有那樣的打算吧？」

這是他最後的確認。

迪爾雖然侍奉艾因，也想實現他的期望，但若是艾因的做法只是白費性命，那麼便打算加以阻止。

到了這一步，唯有這種情況他無論如何都會阻止。

「……不要緊，我不會死的。因為我必須要打倒海龍，回到王城後讓母親稱讚我才行啊！」

就連這種時候仍不忘說出對奧莉薇亞的愛，面對這樣的艾因，迪爾稍微鬆了一口氣。

他不知道艾因要用什麼樣的手段。不過，那不是會喪命的方法，他已確信這一點。

◇◇◇

從港都瑪格納用船駕駛一小段距離的地方。

那是這次海龍出現的地點，也是以克莉絲為首的討伐隊被派往的海域。

伊修塔利迦存在許多冒險家。從品質來看，充滿了海姆無法比擬的強者。

然而，也有許多冒險家猶豫要不要參與這次的海龍討伐。

原因出在名為海上戰役這般對人壓倒性不利的戰鬥，再加上最重要的是海龍的強大。

在對海洋生物有利的戰場上，面對的還是海龍這般可以稱為海洋霸主的存在，也就等同於會喪命。

縱使如此，仍有許多冒險家回應伊修塔利迦的期望參加。

因此損害算是比預想中縮減了許多。

——數艘戰艦已被擊沉，喪命的人不計其數。

若是戰爭，必定會受到毀滅級的損害。若以海龍為對手，這些也是必要的犧牲。討伐隊所有人都共享這份難受的心情。

「司令官！海龍似乎潛入海中在窺伺著情況！」

「不需要損害報告！快！你們快點展開追擊啊！」

「多倒點油！會弄髒海也沒辦法！快燒快燒！」

海龍極度厭惡火焰。

不知道究竟是弱點，還是單純厭惡。

不過，火焰是有效方法的這點，是海龍防衛戰奮鬥至今得到的知識。他們在這一帶的海面灑滿油，點火並引誘海龍，創造出方便攻擊的狀況。這是最有效的海龍攻略法。

擔任作戰司令官的克莉絲，對於目前還順利的走向稍微鬆了口氣。

「……雖然一頭負了相當的傷……但還有另一頭幾乎沒受傷……」

兩頭之中，有一頭海龍因為順利擊中的幾個魔法，一隻眼睛被打爛，鰭也殘破不堪。

然而另一頭卻沒有什麼值得一提的傷害。

「不要緊，我們還有……還有超過一半的戰力……！」

這樣的話，確定能夠收拾掉一頭。

不過一想到第二頭，這僅存的戰力簡直讓克莉絲也想放棄。

「司令官！海龍正在上浮！」

「唔——準備攻擊！」

當海龍瞄準船底衝上來或是咬住時，討伐隊會往海中丟出魔具釋放電擊藉此應對。

最後海龍終究會浮出海面，他們會看準這一刻發起攻擊。

「快點！至少要儘快打倒一頭——！」

在海龍攻擊船之前，必須瞄準眼睛、咽喉和魔石所在的額頭等弱點進行攻擊，削弱牠的體力。

然而，若靠現在的戰力，只要多次的攻擊沒有幸運地剛好擊中同一個地方，就沒辦法給予能夠擊傷眼球的傷害。

正因如此，必須要盡可能配合彼此攻擊的時機。

「砲擊部隊瞄準咽喉！魔法和弓箭則和我一起瞄準額頭！」

克莉絲一聲下令，定下了目標。

海龍若毫不退縮地靠向他們，討伐隊有時也會丟出長槍攻擊。

「——嘎嘎嘎嘎嘎嘎！」

上浮的海龍嘶吼聲迴盪著。

這是眼睛被打傷的那一頭。不知是不是面臨瀕死狀態，牠散發出今天最凶狠的魄力向船隻衝過來。

「那傢伙已瀕臨死亡！別停下攻擊！」

「繼續，繼續！」

面對海龍賭上性命的衝擊，所有人只感到恐懼。

不只是參加討伐的騎士們，就連時常拼上性命狩獵魔物的冒險家們也深感恐懼。

咕嘎啊啊啊啊！一邊發出宛如死前的嘶吼，海龍繼續向前突進。

討伐隊只能一邊持續攻擊，一邊祈禱海龍能倒下——

——而那樣的時刻來臨了。

負了傷的海龍精疲力盡，無法完全守護額頭。

「——！」

厭惡艦隊的砲擊，想保護咽喉的海龍，沒有察覺瞄準額頭的魔法和弓箭。

那宛如踩踏冬天的水窪後裂開的聲音，唯有今天聽起來猶如福音一般，一行人大聲歡呼。

「太好了……我們辦到了！我們把魔石打破了！」

「好啊！怎麼樣啊？你這傢伙！」

「再來一頭！這樣看來能行啊……！」

魔石碎裂後內容物不斷流出，海龍巨大的身軀不斷痙攣。

這樣看來，說不定也能打倒另一頭。克莉絲的臉色也因期待而明朗。

然而，討伐隊的人們卻不禁驚嘆出聲：

「唔……喂，那傢伙在做什麼啊？」

「海、海龍跳起來了……？」

魔石幾乎失去了光輝。

海龍才剛沉入海裡不久，便像海豚般跳了起來。

過去從來沒有聽說過海龍會跳起來。

「等等！那邊是——！」

若只是跳起來，只要小心水花和海浪就行了。

但是海龍的身下，還有排出隊形的三艘戰艦並列著。

——喂、喂……！

——住手！快停下！

隔了段距離，騎士和冒險家們的驚叫仍然傳了過來。他們接下來將會被海龍壓碎。

就在尖叫漸漸高昂之時，海龍終於落到了艦隊之上。

那巨體如外觀所見，具備相當的重量。那樣的東西從高空中猛然下墜，伊修塔利迦的戰艦也完全無法支撐。

「這種……事情……」

至今為止，海龍一次也沒有躍出水面過。

這究竟是偶然，還是像伊修塔利迦引以為傲的科技那般，海龍也進化了嗎——

「司令官！另一頭要上浮了！」

面對才剛遇到慘狀，陷入慌亂的討伐隊，還充滿力量的海龍現身。

這宛如有戰略性的動向，讓克莉絲的腦中閃過放棄的文字。

「……準備發起和剛剛一樣的攻擊！預備！」

但是，他們不能坐以待斃。

雖然有無法抹滅的衝擊，不過只要採取相同的行動，就能一邊爭取時間，一邊削弱海龍的體力。

然而海面上的火焰，卻因為跳出海面的海龍已全數熄滅。海龍意氣風發地游過海面，對著克莉絲周遭的戰艦發起攻擊。

「喂！不會吧！開什麼玩笑！」

「快逃……拜託你逃吧！拜託你！」

克莉絲周遭的騎士們雖然發出悲痛的驚叫，充滿體力的海龍仍輕易地將一艘戰艦化為海中泡影。

這麼一來，平衡就被破壞了。

明明戰線一直維持在極限狀態撐到現在，這下戰力根本不足。

「……要過來了！快做好衝擊準備！」

縱使如此，克莉絲仍表現得相當勇敢。她在毫無對策的現況下，拚命地隱藏顫抖的手。

接著，海龍再度潛藏到海中，一邊躲避攻擊海面的魔法及弓箭，一邊靠近船隻。

——海龍恐怕已經理解了。

因為另一頭海龍創造出好機會，對方已經沒有能夠阻止自己攻擊的戰力。

接著，海龍再次上浮。那巨體的目標，是破壞克莉絲乘坐的戰艦——

（唉唉……最後真想看看家鄉的森林啊……還惹哭奧莉薇亞殿下了，而且也想和那位大人，以及艾因殿下好好聊聊天。）

縱使沒有在騎士面前表現出放棄的模樣，克莉絲在心中已喃喃道出牽掛。

緊接著，她將掛在脖子上的項鍊自盔甲中取出。那是艾因贈送的，對她來說很重要的回憶之物。

（艾因殿下……一句話就好，最後真想聽聽您的聲音啊。希望您能和奧莉薇亞殿下以及庫洛涅大人永遠融洽相處。）

與他的來往和平淡無奇的日常都是快樂的回憶，深深烙印在腦中無法忘卻。

為了不讓周遭人看見自己浮現淚光的模樣，她用力地重新戴好頭盔。

「——讓那傢伙吃下一記我們全心全意的攻擊吧！不能讓這種魔物靠近我們初代陛下靈魂寄宿的大陸！」

聽到克莉絲的號令，討伐隊奮力大喊。

我們不會白死！就算殺不了那傢伙，也能像另一頭那樣挖出牠的眼睛！他們抱著這樣的決心準備迎擊海龍。

最後浮出海面的海龍鎖定了目標——牠的視線彼端，映照著克莉絲下達指揮的身影。

然而，就在討伐隊做好赴死覺悟的剎那——

「咦……霧？」

海上出現了濃霧。

仔細一看，有濃霧的區域似乎只有海龍周遭，而對此感到訝異的海龍也發出咆哮，彷彿在控訴這種情況以往從沒發生過。

這陣霧白而濃厚，還帶有莫名的甜甜香氣。

許多的冒險家及克莉絲皆對此有印象。在森林深處以及魔物棲息的危險地帶會出現這樣的白霧。那些地方有誘騙生物，進一步獵食他們的植物系魔物。不過棲息在森林中的那種魔物，不可能會出現在海面上。

「唔……是，船……？」

濃霧深處，海龍的另一邊有艘船漸漸靠近。

克莉絲察覺到船的蹤影後不久，伴隨著巨響，那艘船對海龍發射大砲，讓海龍身體前進的方向偏離克莉絲所在的戰艦。

在戰場突然出現的寂靜中，克莉絲一邊使用風系魔法傾聽——

「艾因殿下！剛剛那陣霧是什麼？您不先告知在下會讓人很傷腦筋的！」

「呃，嗯嗯，對不起啦……不過你看，海龍已經轉向我們了，你就原諒我吧……」

對話的聲音和現場實在不相稱，是會令所有人放鬆力氣的聲音。

◇ ◇ ◇

「不過，艾因殿下，就保持這樣繼續在霧中不斷攻擊，不是就行了嗎？」

「不，我覺得行不通。那傢伙只要潛到海裡面就能躲避……不過話又說回來，戰況似乎真的到達極限了。」

無論怎麼看，戰況都充滿了絕望。

一想到若是沒有阻止剛剛海龍的一擊……艾因的全身都感覺到寒毛要豎起般的恐懼。

「是啊……您說得沒錯。嗯……海龍馬上就逃到海中了呢。」

「那麼，就趁現在稍微前進一點吧。」

「要開到克莉絲大人搭乘的戰艦前面嗎？」

「就是這樣。海龍由我處理，迪爾負責保護這艘船。」

「哈哈……護衛只負責保護船隻，這可真是滑稽的事……」

迪爾向船員下指令，要他們將船移動到克莉絲搭乘的戰艦附近。

古雷沙家的船以攻擊力之高為傲。

當然也具備從船底發起攻擊的幾個手段，不過海龍大概是在戒備剛才的白霧，現在潛到了深處並隱去身姿。

火爐全力加速的船瞬間就接近克莉絲搭乘的戰艦。

他們已經到了只要大聲說話，不必使用魔法也能對談的距離。

「艾、艾因殿下——！您為何在這裡——！」

「嗨，克莉絲小姐，早上剛見過呢。我聽說發生不得了的事情，就來幫忙了。」

不只是克莉絲，就連騎士和冒險家們都不禁這麼心想。這個人到底在說些什麼？

艾因的行動就是如此愚蠢。而且最後還聽到他說自己跑來這種地方幫忙，他們會煩惱如何回應也是理所當然的。

「為什麼……為什麼您要來！陛下和奧莉薇亞殿下，還有羅伊德大人，難道都沒有阻止艾因殿下嗎！」

「當然被阻止了啊！我是硬闖到這裡來的！」

那他又是怎麼來到這裡的？不過事到如今，手段之類的怎麼樣都好。重要的王儲跑到這種地方來才是最大的問題。

「就算現在也不遲，請回都城——！」

「妳應該不會要我現在回去吧？妳應該知道已經不可能了！」

雖然確實是如此，不過就算要賭上極低的可能性，克莉絲也希望艾因回到安全的地方。

「就算艾因殿下擁有再優秀的技能，對手是海龍也實在太不利了！」

實際上，杜拉罕和海龍，若是純粹比強度的話，確實是杜拉罕占上風。

但若論海上戰鬥，由於這是海龍的主要戰場，就沒有這樣的優勢了。

再加上艾因絕對不是杜拉罕。縱使他擁有黑暗騎士這個強力技能，也不如杜拉罕那樣強大。

「艾因殿下，時機差不多了……！」

迪爾看著海中，突然向艾因報告。

「嗯，我知道了……克莉絲小姐！」

「是，我聽得見！拜託您了，請您回海港吧！拜託您……！」

然而，艾因卻完全不回頭看向克莉絲，站到船頭背對著她。

接著，他深深吸了一大口氣，釋放出至今為止她從未感受過的霸氣開口：

「……我以艾因．馮．伊修塔利迦之名下王族令！克莉絲！為了不讓古雷沙家的船隻被沖走，妳要用自己搭乘的船從後方支撐！」

「唔——王、王族令……？艾因殿下！您在說……？」

對艾因突如其來的命令，克莉絲有掩不住的驚訝。

在這種地方看見艾因展現王儲的風範，她因為太過震撼，聲音不禁顫抖。

冒險家們以及騎士們也同樣感到震撼。不只是因為擁有王儲身分之人，竟然出現在這樣的死地，也是因為突然接獲了命令。

「迪爾，船全權交給你了。」

「是！悉聽尊便。」

艾因仍站在船頭，他深呼吸後悠哉地伸展四肢。

「艾因殿下！您要做什麼……還請您停止吧！」

「作為近衛騎士團副團長，不許忤逆王儲的命令。克莉絲，執行我的命令。在這期間，我——」

——唧唧唧嘎嘎嘎嘎嘎……低吼著的海龍現身於海面。

牠在離古雷沙的船隻不遠處鎖定艾因的身影，直線展開突進。

「我要和這傢伙戰鬥。」

吸收了詛咒魔石的艾因又獲得了明確成長。

雖然沒能確認狀態分析卡，不過這明顯大幅上升的魔力，讓他確信自己能夠比以往用出更加強大的幻想之手。

背後伸出的幻想之手有六隻，而且比過往還要更加強健，充滿了不祥的力量。

「嗯……沒問題，可行……！」

這是沒有任何人預料得到的事情。

宛如蜘蛛的腳般，艾因將六隻幻想之手張開，壓到海龍巨大的頭蓋骨上，並隻身將被稱為災厄的這股衝擊完全停了下來。

（鎧札爾教官，正面接下猩紅野牛的訓練……意外地有用喔！）

然而這股衝擊卻沒有停止，衝擊影響到古雷沙家的船，使船隻後退。

不過克莉絲搭乘的戰艦將這股力量向前壓，緩衝掉大部分的衝擊。

「第一步可是我贏了啊——海龍！」

沒有任何人想得到，僅靠一名人類，竟然能夠壓制住如此巨體使出的衝擊。

克莉絲到現在才終於知道要她支撐船是什麼意思。縱使如此，她的思緒仍然沒有意會到，艾因竟然做了如此厲害的事情。

「艾……艾因殿下！在下可沒聽說您要正面和牠交鋒啊！」

「畢竟我沒說過啊！還有，抱歉迪爾，我要去一趟海水浴……若你能等我回來，我會很高興的！」

「海水浴……？您、您打算做什麼啊！」

「如果能夠就這樣持續攻擊就萬萬歲了。不過不可能那麼順利，畢竟這傢伙也是活著的生物啊。」

海龍一邊低吼一邊想攻擊的身影，就在他生成的那長長的幻想之手彼方。

那股衝勁彷彿隨時要爆發，似乎就要奪去古雷沙的船和克莉絲搭乘的戰艦上所有的生命。

接著如同艾因說的，狀況有了改變。

海龍就那樣壓低身子，彷彿要潛入海中一般動了起來。

「所以我要一個人戰鬥——看這傢伙和我誰先倒下……一決勝負！」

最後，他伸出第七隻幻想之手，將針刺向海龍的額頭。

前端裝備了凱蒂瑪特製的爪子，一眼就能看出這隻幻想之手就是名為「黑暗吸管」的絕招。

爪子刺破額頭，深入海龍的魔石。海龍的臉痛苦地扭曲並大聲吼叫。

「……黑暗吸管這個名字，唯有這次可能聽起來有點不帥吧。」

海龍想甩開緊緊纏著自己的艾因，然而他卻用剩下的六隻幻想之手將自己全身固定住。海龍一鼓作氣潛入海中，艾因就這樣被扯了下去。

「艾因殿下……艾因殿下——！」

在變化的戰況中，克莉絲面對海中悲痛地大喊。

——海龍潛到海中，並不斷地向下前進。

艾因原本還會擔心水壓，不過自從吸收了詛咒魔石後，他隱隱約約理解了一點保護自己的方法。

因此，現在主要是和體力、魔力及氧氣的戰鬥。

（海龍，來比毅力吧。你可要奉陪到最後喔……！）

艾因想到的點子，可說是坦率又單純到過於正直的做法。

只要能將魔石完全吸收，就是自己勝利。若在那之前耗盡體力，便是敗北。他的腰間還配備著裝滿治癒鳥魔石的袋子，包含這些在內，這場戰鬥就是自己與海龍的勝負。

——嘎啊……嘎嘎嘎……！

大概是感覺到魔石的內容物在被吸收，海龍痛苦地吼叫著，並不斷用力甩著頭，想把艾因從自己頭上甩下來。

（別一直亂動啊，我也很難受，條件是一樣的吧……！）

在漸漸變暗的海中，事到如今開始產生些許害怕的心情，恐怕都為時已晚。

不管再怎麼害怕，接下來為了讓自己能看見天空，都必須要先打倒海龍才行。

（該死……竟然已經得用上這個了……）

體力消耗得很劇烈。

動作激烈的海龍，再加上驅使許多幻想之手抑制海龍的魔力和精神力。無論是哪一項都有巨大的消耗，使他不禁使用唯一的恢復手段——治癒鳥魔石。

若是消耗到必須要用一顆，就會馬上需要使用下一顆。

過了幾秒，又耗費了另一顆魔石，魔石接連不斷地漸漸消失。

（……我的氣也是有極限的，快點倒下吧！）

被拉進海中後已過了數十秒。停止呼吸能夠忍受的時間也有限制。

必要的氧氣並不是使用治癒鳥的魔石可以回復的。

不過，活生生被吸收魔石的魔力大概很痛苦，海龍尖叫般的咆哮又更增魄力，從動作也能很明顯地看出海龍十分拚命。

（不過海龍……你可真厲害啊……真的太美味了。我還是第一次嚐到這麼美味的魔石。要不是處在這種狀況，我真想更加仔細品味……！）

海產的鮮味，那宛如濃縮精華般的濃厚味道及香氣。是魚嗎？還是螃蟹等甲殼類？或是干貝等貝類那樣的味道？錯綜複雜的鮮味讓他不知道這究竟是什麼味道。

不過，這是他至今為止嚐過的所有食物中，最讓他感到美味的，這確實是事實。

（就連這種時候我還能精闢地思考關於味道的事──我真的是魔石美食家耶！）

自從艾因進入海中已過了一分鐘。

不光是呼吸困難，他的身體因為氧氣不足，動作也變得遲鈍許多。

若是幻想之手被解除，在那當下艾因就會敗北，任憑海龍擺布而喪命。

──嘎嘎……嘎嘎嘎嘎嘎！

不過，海龍也瘋狂地使著蠻力。可說是竭盡全力的海龍衝勁十分猛烈，艾因的握力和四肢也接近極限。

（我還擠得出力量來……！如果力量不足，那只要硬是逼出來就行了吧！畢竟都有這麼優質的營養了！）

艾因一邊吸收海龍的力量，一邊利用吸收的力量施加壓力。

幻想之手也增加到九隻，因為每一隻都注入了許多魔力，負擔也相對地變大。

──接著，終於……

（唔……不會吧？治癒鳥的魔石到這裡就沒了……？）

剩下的只能靠毅力想辦法。然而縱使如此，火力也不足。

就他來看，海龍似乎也接近瀕死，不過艾因的身體卻比他還要接近極限。

他的眼睛流出了血淚，手臂的皮膚零星地翻起。氧氣也幾乎到了極限，視野灰暗，意識也開始變得朦朧。

（我沒能獲勝嗎……但是海龍，你終究也要死了吧？既然這樣就當作是平手……）

無論如何，他都好想贏。他想要獲得勝利回到王城，一如往常地和大家一起生活。

不過這樣至少克莉絲就能回去了吧。畢竟就算艾因死了，海龍也會馬上斷氣──

（全身包覆黑色甲冑，在刀劍戰鬥中無出其右。我本來想變得像那樣的杜拉罕一樣強大……──對了，至少就做到這樣吧……！）

都已經到了最後，自己沒有親手直接傷到他，讓艾因開始感到不悅。

接著，艾因拔出了佩戴在腰間的一把短劍。

這是拉拉露亞送給艾因的一把漆黑而美麗的短劍──到了現在，這已是艾因十分中意，甚至可說是夥伴的短劍。

（這就是最後一擊了，海龍……你很美味喔，不過因為我輸了，所以我討厭你。）

最後在心裡喃喃自語，艾因便將短劍刺進海龍額頭的魔石中。

（對不起，母親、庫洛涅、克莉絲小姐……）

發出了「咕啾」一聲像是肉裂開的聲音，艾因將黑暗吸管拔出海龍的額頭。

幻想之手一個個消失無蹤。

——嘎啊……嘎嘎嘎嘎……！

然而就在此時，發生了失去意識的艾因意料之外的事情。

艾因失去意識之後，在海中的黑色短劍釋放出宛如黑色雲霧般的靈氣。

黑色靈氣漸漸擴大，將海龍的魔石內部填上了漆黑。

海龍的雙眼漸漸失去光輝，動作完全靜止了下來。

同時，海中響起一聲碎裂的巨響。那是海龍的魔石破裂，也正是海龍斷氣的瞬間。

發出一聲沉悶的聲響，黑色短劍接著宛如煙霧般，隨著黑色的靈氣消失了。

海面發生的騷動落幕，港都瑪格納被巨大的歡喜包圍。

海龍——無可動搖的海洋支配者，縱使在伊修塔利迦這般強大的國家，也無法免受其害的凶惡魔物——這次竟然出現了兩頭。

港都瑪格納的居民們無一例外，皆因恐懼而全身發顫。

不過，港都現在被無比的歡呼包圍是有原因的。

因為討伐隊雖然遭遇毀滅性損害，卻仍有許多隊員生還，且有許多掉到海裡的人們也獲救並回到了港都。

再加上討伐隊將海龍的屍骨搬了回來。他們將海龍緊緊捆綁，硬是用拉扯的方式搬運到了海港。看到那身體巨大，釋放壓倒性氣場的海龍，人們不禁感到訝異，而親眼看到打倒兩頭海龍事實的人們又更加地歡喜。

就在這歡慶的騷動中，在古雷沙家船隻的甲板上，一位美麗的女性腿上托著一名男孩，等待著他甦醒。

面露不安的表情，卻在看到他睜開雙眼時，勾起了嘴角。

「咦？這裡……」

「您醒來了嗎？傻傻的王儲殿下？」

睜開雙眼的男孩，看向那溫柔澄澈的聲音來源。

「嗨，剛剛才見過呢，克莉絲小姐。」

克莉絲的雙眼通紅充血，周圍腫腫脹脹的。看到那個樣子，艾因明白克莉絲剛哭過。

「嗨什麼嗨啦……艾因殿下……！」

平時那威風凜凜的模樣消失，克莉絲不禁表現出一點自己真實的模樣。

「說我傻也太過分了吧？我好歹也是王儲耶。」

「隨您怎麼說吧！笨蛋，笨蛋！」

和美麗的容貌相反，看著展現出些許少女反應的克莉絲，艾因不禁覺得有些可愛。

他同時也產生自己還活著的實感。

「不過……我好像勉強回來了。還以為自己不行了。」

「……請您看看胸口吧。」

「呃……胸口？」

艾因的胸口，本該掛著以前沃廉遞給他的飾品，保護身體安全的大地之紅玉才對。

然而大地之紅玉似乎碎裂四散，現在完全不見蹤影。

「咦？大地之紅玉碎掉了。」

「那個寶石在遇到生命危機時會發動功能，所以艾因殿下在海中才沒有溺水，一直到浮到海面為止，好不容易保住了性命……！」

艾因曾聽說過紅玉會反射危險。聽說它有這種功能時艾因覺得很厲害，不過那顆紅玉保護了艾因，

如今也已毀壞。

「原來如此——所以我才獲救了啊。」

「真的……您再也不可以做那種事了。拜託您……絕對，絕對不可以喔……？」

「啊……嗯……反正又不會老是發生這種事，我想已經不要緊了。」

因為艾因來救自己，克莉絲高興得無以復加。

雖然對象是艾因，不過克莉絲可是高興到願意借異性大腿。然而縱使如此，不滿仍另當別論。

「而且，我聽迪爾說了。您不惜使用王族令，帶著簡直要把王家專用水上列車弄壞的氣勢前來。」

「……我一定要對那傢伙訓話。」

「不、不對！我認為艾因殿下才需要被訓話！」

確實，他自知自己今天胡來了好幾次。

不過若是現在接受克莉絲的訓話，似乎會累積過多的疲勞，因此他想盡辦法要規避。

「好、好啦好啦……啊！話說回來，有把海龍的屍體帶回來啊……唔，好大！」

就算躺在克莉絲的膝蓋上，海龍的巨體看起來也彷彿離自己很近。

不知道是否是因為被繩子捆綁後才帶來的，那魄力實在叫人吃驚。

「咦咦……您都做了那種壯舉，事到如今才被體型嚇到嗎……？」

「畢竟那時候我不怎麼在意尺寸……」

「唉唉……已經夠了。還有，海龍全身可都是珍貴的素材喔。」

聽到這個消息讓他了然於胸。

畢竟是那麼強大的魔物，全身上下就連骨頭一定都能利用吧。

「啊！這讓我想起來了。克莉絲小姐，有件很重要的事情！」

「重、重要的事情嗎……？該不會，您的身體還有問題……！」

「海龍的魔石非常美味喔！」

「……」

「咦？克莉絲小姐？妳怎麼不說話了？」

那是無可比擬的美食，而他一心想將這件事告訴她，不過……

克莉絲的雙眼漸漸失去色彩，她用冷淡的表情俯視著艾因。

「您這……艾因殿下是笨蛋王儲！」

輕輕地被戳了戳頭，艾因不滿地看了回去。

「不不不，這對我來說可是很重要的事啊！克莉絲小姐真是的……為什麼要一股腦地否定我呢……」

「奇、奇怪？為什麼您說得好像是我的錯？」

對於艾因將錯就錯並改變進攻方向的話鋒，克莉絲無精打采地失去力氣。

「……我們回王城吧，大家都在等我們呢。」

「是的。我會好好保護笨蛋王儲的。」

◇◇◇

艾因在克莉絲腿上醒來後過了不久。

位於王城的大會議室中，也包含艾因的事情，和海龍有關的會議持續著。

「是朕的教育有問題嗎？還是奧莉薇亞？又或者是環境不好嗎……你怎麼看？沃廉？」

「臣的話會在那些原因中，再加上『出生的國家』這一項吧。」

「原來如此，有道理。」

——在如此緊張的狀態中，傳來了喜訊。

「陛下，打擾了。」

有沃廉和各大臣等高官在場，前來的管家卻一直線走近辛魯瓦德。管家自己也帶著訝異的表情，在辛魯瓦德耳邊小聲地說了話。

「……此、此話當真？」

「是。這是來自司令官的報告。」

「哎呀，陛下？發生了什麼事嗎？」

看到辛魯瓦德的表情有些呆滯，沃廉不可思議地詢問。

辛魯瓦德沒有回答他，而是轉向站在另一側的羅伊德。

「有句話叫信賞必罰，因此朕感到很煩惱。煩惱給艾因以及迪爾的懲罰。」

羅伊德感到不可思議，不知道他究竟在煩惱些什麼。

萬一迪爾成功歸來，處罰也只有一項。除了處刑以外別無他想。

「您說煩惱究竟是……？處罰只有一項……」

在回應羅伊德之前，辛魯瓦德拍了拍手，吸引所有人注視他。

「各位，朕決定暫時先結束關於海龍的會議。」

所有人聽到這句話都感到很訝異。

國家遇到危機的現在，身為國家的中心卻說要結束會議，簡直讓人覺得他瘋了。

「冷靜點。朕的意思是已經沒有必要開會了。討伐隊討伐了一頭海龍，那之後，王儲艾因幾乎隻身討伐了另一頭海龍……！雖然受到了許多損害，不過有一半以上的隊員生還，司令官克莉絲汀娜也平安生還了——！」

王儲艾因隻身討伐了海龍。真是一句令人不知所云的話。

不過，在一瞬間變得寂靜後，會議室也馬上被歡喜的浪潮所包圍。縱使不知道艾因如何討伐海龍，不過討伐了國難等級的魔物這項事實更加重要。

「陛、陛下！剛剛那是……？」

「那怎麼可能！艾因殿下隻身討伐海龍……？」

沃廉還有羅伊德也不例外，同樣感到驚訝。

「羅伊德，所以朕才會說那麼說。信賞必罰，朕想評定功與過並決定結果。」

「陛、陛下？屬下也明白信賞必罰的意思。不過，迪爾犯的錯，還有屬下輸給艾因殿下一事——」

「但是，他們拿出了成果。這麼一來朕就有了煩惱的理由。迪爾帶著艾因到危險的地方，然而換個角度來看，也可以說他十分盡忠。只不過他盡忠的對象並非國家，而是對艾因個人。這對國家來說甚至可說是背叛。」

羅伊德靜靜地聽著。辛魯瓦德說得完全沒錯。

「但是結果如何？艾因討伐一頭海龍，做出了可謂英雄的壯舉，也拯救了我們的寶物——近衛騎士團副團長克莉絲的性命，並讓許多討伐隊的隊員生還。至少，艾因若沒有迪爾的幫助便做不到這些事。

沒錯吧，沃廉？」

「您說得沒有錯。順帶一問，陛下，海龍的素材……」

「聽說整隻都搬進海港了。」

「那麼，若今天討伐隊全滅的話，也根本無法獲得兩頭海龍的素材。將海龍素材整隻帶回來的功績難以估計啊！畢竟那可不是用錢買得到的。」

海龍的素材十分稀有，用途要多少有多少。

這絕對不是只要有錢就能獲得的素材，歷代討伐也從未整隻帶回來過。而這次卻是完整的兩頭。

「不過，這可傷腦筋了啊，陛下。不處罰可不好，畢竟讓王儲陷入危險是事實。不過，雖然是間接性的，迪爾的功績也不容忽視。」

「沒錯，正因為如此，朕遲遲無法決定處罰。」

羅伊德聽聞此事，看到了一線希望。

明明父子都添了麻煩，給王國帶來損害，只要一想到兒子可以避免被處刑，羅伊德腦中就變得只剩下那個可能性。

「陛下！屬下特此懇求您！還請用屬下的人頭以及剝奪古雷沙的爵位，請您饒過迪爾和瑪莎的性命……！」

羅伊德五體投地，幾乎是用叫喊地說道。

雖然有許多高官在場，但他毫不在意周遭目光而做出這般行動。

「……迪爾做的事情是重罪。但是羅伊德，朕也說過無法忽視他的功績。」

「……是！」

辛魯瓦德思考了數十秒。

接著，他想著該做到什麼程度後，稍微扭曲表情開口：

「剝奪迪爾古雷沙公爵家的身分，也剝奪他作為騎士的身分，將其貶為庶民。再加上對古雷沙家課以年收十年份的罰金。」

「陛、陛下？您那是處罰……」

羅伊德之所以慌張地反問，是因為處罰實在太輕了。

「最後還有一項。迪爾必須服務國家八十年，內容則全權委託艾因吧。」

服務國家，如同字面上所示，就是讓罪人服務國家的處罰。

範圍僅限符合人道的事務。雖然能夠獲得生活保障，也不須為罪行付出性命，僅會失去幾項自由。

而剩下則全權交給艾因負責，這一點實是寵溺的判決。

「屬……屬下感謝陛下如此寬容的處置……！」

聽聞裁定讓羅伊德流下眼淚。迪爾不須付出生命，以及瑪莎不需要連帶受罰，這兩件事最讓他感到安心。

◇◇◇

艾因感到迷惘。

他們決定稍微吃點東西而移動到軍港部的一角，但是看到使不上力的手，他不得不露出苦笑。

「哎呀——我的手動不了呢。」

那瞬間，克莉絲失去意識，不禁昏倒在椅子上。

坐在身旁的迪爾雖然沒有倒下，卻邊嘆氣邊說：

「您說得如此輕描淡寫……」

「不要緊，我還有麻痺的感覺，所以大概只是太操勞的後勁強烈反應在身體上……好了，克莉絲小姐也起來吧。」

然而，樂觀的艾因卻絲毫不把迪爾大大的擔心當一回事。

他在克莉絲耳邊用輕鬆的態度喊著「快醒醒」讓她清醒過來。

「啊！我、我做了個艾因殿下手不能動的夢——」

「那不是夢啦。還有，又不是一輩子都動不了，好好休息就會康復了。」

「真是的！您又不是醫生，在說些什麼啊！好了，我們走了！」

「等……咦？要去哪裡啊！」

「有許多治療師來到這港都了！所以當然是要去治療！」

「不，等等啊……迪爾！幫幫我！」

「克莉絲大人。在下剛剛聽聞，他們是否要坐船前往都城？」

迪爾沒有回答身為主人的艾因，而是改變了話題。

「是啊，預定搭乘奧莉薇亞皇家公主號前往都城的海港。」

「既然這樣，那麼治療師們應該已經前往奧莉薇亞皇家公主號了吧？在下推薦乾脆順便將艾因殿下綁在床上，請他暫時恢復身體健康。」

「什……喂、喂！迪爾！」

突然被背叛的艾因神情大變，接著看到迪爾得意的表情。

「好主意……來吧，艾因殿下，我們走吧。」

「等等！別把我扛起來！這樣我有點難為情，至少讓我走路吧！」

然後加上一句會讓迪爾負責拿餐點，最後在艾因的懇求下獲得了自己走上船的許可。

克莉絲怕他逃跑而緊緊抓住他的手，這一點讓他感到有些沒有威嚴而難為情。

「那麼，艾因殿下，首先就請您好好休息吧。」

「迪、迪爾這個叛徒！」

「您言過了，在下不過是擔心艾因殿下的身體。」

望著艾因被帶走的背影，一直到看不見艾因之後，迪爾悲傷地笑了。

「……艾因殿下，今天就是在下作為護衛最後的日子。至少在最後讓在下像剛剛那樣享受一下，也不會遭天譴吧。」

會被判刑是理所當然的，且至少可以肯定會被處刑。他完全理解這點。

他在心裡向父母道歉，自己真是做了不孝的事情。

「不過，我不後悔。因為這代表我的忠義是正確的。」

對於王儲艾因，他盡了最大的忠義給予協助。

一想到這裡，縱使要被處刑他也完全不感到失落。

「雖然一個人有些寂寞，不過沉浸在餘韻中也不壞呢……將艾因殿下今日的活躍當作助興來配飯也不錯。」

迪爾的心中充滿了驕傲。

自己在身邊守護的艾因成為了英雄，這件事比他自己的事還要讓他感到幸福。

——艾因被克莉絲帶來後已過了數十分鐘。

他在治療用的魔具包圍下，接受許多治療師的治療魔法。

「下次很有可能會再也無法使用手臂，或許手臂會四分五裂。」

「……我知道了，謝謝忠告。」

「能獲得您的理解備感欣慰。不過，為何有如此傷勢……？這已遠遠超越人可以承受的傷害……」

一邊喃喃自語一邊考察的治療師離開了房間，克莉絲則靠近艾因躺著的床。

「超越人類領域的戰鬥。治療師說的話也沒有錯呢。」

「啊哈哈……各方面啦。」

那麼接下來要聽訓了。艾因稍微重整態度。

「那麼……我想您肚子餓了，我們來用餐吧？」

「奇、奇怪？」

「什麼事？奇怪是……怎麼了嗎？」

他不禁感覺撲了個空。

雖然她說的話也是，不過她發出了溫柔又讓人想撒嬌的聲音。

「您該不會以為我要訓話？」

「呃，我也沒有那麼想……」

「真是的……只有今天放過您喔。」

克莉絲好寵他。克莉絲好溫柔。

不，雖然她平時就很溫柔，不過她現在的氣質散發著寵溺。

雖然自我奉獻的態度至今為止都沒變，不過現在的感覺又更加純粹。

「打擾了，由我來照護您。」

克莉絲拿起放在一旁的餐具，用湯匙舀起一口。

「不不不，克莉絲小姐？那樣子我會覺得很丟臉啦！」

「呼……呼……不然，您要怎麼用餐呢？」

因氣息吹拂而降溫的餐點，飄出淡淡熱煙。

她將湯匙伸到艾因嘴邊，艾因卻因為難為情而不張口。

「……請您別固執了，吃個飯治好身體吧。」

沒有其他用餐的方法了。

看見她認真的眼神，艾因退讓了。

「唔嗯……嗯，是飯呢。」

食之無味。主要是因為他的精神過於緊張，根本顧不上品嚐味道。

不過食物經咀嚼後嚥下，他的身體因為流到胃中的營養而感到歡喜。

「好吃嗎？」

根本嚐不出味道。但他說不出這種話，要不然她又要擔心了。

不過，難得克莉絲都不惜做到這種程度，什麼都不說也不對。

「很好吃喔。謝謝妳，克莉絲小姐。」

餐點使用了瑪格納產的海鮮，應該是好吃到讓人驚訝吧。

雖然這是他的推測，但可不是謊言。艾因在內心一邊苦笑一邊回答。

「呵呵，這樣的話——我也很高興。」

……克莉絲自然露出微笑。

看到那宛如陶瓷般的肌膚浮現紅暈，艾因不禁出神地望著她澄澈的蒼藍色（Sapphire）眼睛。

——啊啊，太好了。他真的救下克莉絲了啊……

一直緊繃著的線斷裂，艾因露出笑容，遺傳自奧莉薇亞的翠綠色（Emerald）眼瞳浮現淡淡淚珠。

「艾、艾因殿下！該不會是太燙了吧？對不起，我真是的……！」

「哈哈哈哈……！啊——太好笑了，真有克莉絲小姐的作風……！不過不要緊，溫度剛剛好。來吧，我肚子餓了，快一點！」

對艾因來說，應該沒有像今天這般如此有成就感的日子了。

雖然艾因曾在王城宴會上進行過盛大的演講，不過和當時不同，從頭到尾都以自己的判斷執行的海龍討伐戰，讓他多少獲得離初代國王更進一步的感受。

◇　◇　◇

因喜訊沸騰的都城海港。

艾因從剛抵達的奧莉薇亞皇家公主號上下了船，便看見以辛魯瓦德為首，羅伊德和沃廉等高官們在那裡等待。

「不過，這可真是壯觀啊。艾因殿下竟然收拾了那種東西。」

隨著奧莉薇亞皇家公主號一同回來的兩艘戰艦，拖著兩頭海龍的屍骸。沃廉看著牠們開口。

「朕也同意。真是巨大……有著雄壯又令人害怕的模樣。」

「唔……嗯，艾因殿下究竟是怎麼收拾掉的……」

就在他們談話的同時，從奧莉薇亞皇家公主號上走下來的艾因、克莉絲，以及更後面一點的迪爾站到了辛魯瓦德面前。

看到已被稱為英雄的艾因抵達，附近的都城民眾大聲歡呼。

「……我回來了，陛下。」

就算是艾因也沒有展現出平時的天真，看得出來他有些愧疚。

然而在此之中，也隱約可見驕傲的情感。

「朕想了很多，不過朕作為國王，首先應該要先說這件事。艾因，辛苦你了！」

「歡迎您歸來，艾因殿下。沒想到您竟然能收拾掉如此巨大的海龍……真令人驚嘆。」

「艾因殿下，歡迎您平安歸來……迪爾，你很清楚吧？」

「是，元帥閣下……不，父親大人。在下完全理解自己做了什麼事情，也做好了覺悟。」

在迎接艾因之後，羅伊德果然嚴厲地看待迪爾。

不過，艾因此時收斂情感，轉換表情。

「羅伊德。」

艾因現在的聲音所擁有的霸氣，簡直和他在宴會上宣言自己是王儲時一樣。

「……是！」

再加上，這是他頭一次不加敬稱呼喚羅伊德的名字。
羅伊德內心感到震撼，兩人周遭的人們也同樣展露訝異。
「這是『我』命令他做的事。以王儲之名下的命令，不容他人說三道四。」
聞言，最感驚訝的是沃廉。
艾因散發的王之氣魄，甚至勝過年輕時期的辛魯瓦德，讓人感受到他擁有強大的王之器量。
「——艾因殿下！不……殿下！無論您再怎麼說……！」
「我不會再說第二次，羅伊德。我不允許你繼續質疑我的命令。」
他不接受任何人插嘴。艾因一語道出了他的決心，而這句話的魄力簡直超越了他所想。
看到羅伊德沉默地接受，艾因緊接著說出袒護迪爾的話。
「我很清楚自己下的**幾項王族令**，有必要判斷是否正確。不過，沒必要現在在這裡馬上釐清。」
聽到艾因說出「幾項命令」，不只是身為當事人的迪爾，辛魯瓦德和沃廉也察覺其意圖。

最終，一行人坐上馬車，並在攤販和群眾的歡呼中通過大道回到了王城。
「艾因殿下，能否讓我請問一件事情？」
「嗯？什麼事，沃廉先生？」
「……您說的幾項王族令，究竟是什麼樣的內容呢？」
聞言，迪爾和羅伊德大大地抖動了身子。
艾因也對沃廉的聲音皺眉，為了不讓話語上有漏洞，大約想了十幾秒後才開口：
「一項是強硬要求王家專用水上列車啟動。再來是要迪爾準備馬匹，並命令他給予建議及護衛我，這兩項。」

還有他也曾對克莉絲下過一次命令，不過因為現在談論的對象是迪爾，所以他省略掉了。

「您、您在說些什麼……艾因殿下！」

迪爾理所當然會反駁。

雖然打斷王儲說話實在不敬，不過沒有人對此出聲斥責。

然而艾因沒有回應迪爾，而是以手勢制止他，接著靜靜地看著沃廉的雙眼。

「不過，您是否有考慮過若是命令不妥當，有可能會被逐出王室？」

「我想過了，但是將其與克莉絲小姐他們的生命相比，我實在無法坐視不管。」

「您確實成功拯救了生命。但若是失敗，我國甚至連王儲都會失去。這麼一來，您可是會讓奧莉薇亞殿下，以及庫洛涅小姐難過的啊？」

這一點，他也痛切地明白。

艾因雖然沒有看到庫洛涅的淚水，不過她大概有流淚，這點事他輕易就能想像得到。

——但是……

「初代陛下成功討伐了魔王。但倘若當時失敗，那麼就沒有現在的伊修塔利迦……我認為自己有錯，也想過失敗的後果。不過，沃廉先生認為初代陛下錯了嗎？」

「……這說法太極端了。您這般意見的議論空間太過巨大，實是幼稚。不過……」

這麼說著的沃廉聲音顫抖，並懷念地回應：

「這句話由**您**來說，格外地有說服力呢。」

沃廉的話中之意十分曖昧，艾因不禁偏了偏頭。

他的話語意味深長，雖然艾因想詢問那究竟是什麼意思，不過在那之前，克莉絲帶著毫無疲憊的感覺向前一步。

「……沃廉大人，這是我的失態。是因為我的指揮以及能力不足，才導致艾因殿下前來。艾因殿下是十分溫柔又出色的大人，我認為我才是該承受處罰的人。」

克莉絲請求上級，希望不要處罰艾因。

第一次看到克莉絲這個樣子的一行人，不禁對她的舉動目瞪口呆。

「克莉絲小姐，我希望妳現在能保持沉默。」

「但——但是！」

「哈——哈哈哈哈！朕一行人簡直像是壞人呢，沃廉？」

「呵呵……是啊，誠如陛下所說。要是拖太久也於心不忍，陛下要不要趕緊轉達？」

沃廉一邊露出笑容，一邊催促辛魯瓦德。

接著，辛魯瓦德帶著無奈的心情說道：

「朕不喜歡只要結果好就不計過程。信賞必罰，不能否認賞罰雙方都必須要考慮到。」

說完前言，他看向艾因。

「沃廉，宣布賞罰。」

「是……！那麼，我認為一頭海龍，約有國家預算二十年份的價值。」

至於這次，這樣的海龍卻有兩頭。

也就是說，讓國庫寬裕的事實實在過大，因此對於艾因下達王族令一事不予處罰。

「不過，因為癱瘓王家專用水上列車，以及使用古雷沙家船隻的事，無法給您像樣的獎賞。」

看來是互相抵消了。對艾因來說，這肯定是十分值得感激的事。

「正如沃廉所說。接著，除此之外的事，首先處罰你大約兩個月在王城內閉關思過。聽到了嗎？」

「……是！感謝您處以寬容的懲罰。」

「那麼，接下來是針對羅伊德的處罰。」

接著辛魯瓦德看向羅伊德。

「是！」

「沒能阻止艾因的處罰，就如朕先前告訴你的一樣。處以罰金與剝奪作為伊修塔利迦騎士的地位，也就是說你也不是元帥了。」

「……遵命。」

「那麼，作為這次事件的獎賞，將會讓克莉絲升格為元帥之位。不容異議。」

面對這突如其來的人事異動，克莉絲差點驚叫出聲，不過因為在王的面前，她靜靜低下頭。

「羅伊德，你從此刻開始擔任朕的專屬護衛。你可要拼上性命努力啊。」

正當羅伊德思考要隱居時聽到了這番話，他便慌忙抬起頭。

「陛、陛下……！」

他的聲音顫抖著，可隱約窺見那彷彿在詢問自己是否有聽錯般的膽怯。

「羅伊德閣下，陛下可辛苦了啊。」

「沒錯。真是的……你們到底要朕怎麼辦啊？愚蠢的傢伙們！拯救了港都瑪格納、為國家帶來兩頭海龍、拯救了寶貴的克莉絲、救援討伐隊……怎麼可能對立下諸多功績的人物過於苛責呢。」

拯救數萬國民的性命，給與國家數十年份國家預算的寬裕，並拯救了重要的戰力們。

最終，面對立下如此功績的人們，他沒能給予過重的苛責。

「那、那麼，陛下……遵從我命令的迪爾，他的處罰……？」

面對緊接著戰戰兢兢詢問的艾因，辛魯瓦德一臉厭煩地揮了揮手。

「沒有那種東西。朕怎麼可能罰他？還有朕已經累了，別再叫朕陛下。」

「這樣的話爺爺！意思是迪爾完全不用受罰對吧……！」

「嗯，朕不是這麼說了嗎？」

接著沃廉說出無法處罰他的理由：

「艾因殿下，陛下無招可出了啊。在艾因殿下說出自己使用王族令的當下，就算能處罰艾因殿下，也沒辦法處罰迪爾……哈哈哈！」

不過這也是因為艾因立下的功績，因此無法處罰艾因。

辛魯瓦德或許會被周遭人評斷為太過寵溺艾因了吧。也可能會有人說，這並不是作為一位國王該下的正確判斷。縱使如此，他仍然不後悔自己做了這個決定。

「哎呀，不過艾因殿下，奧莉薇亞殿下與庫洛涅小姐兩人會給您什麼樣的處罰，這就與我們完全無關了……」

尤其是奧莉薇亞。

畢竟艾因讓她操了天大的心，肯定會被斥責吧。庫洛涅大概也會生氣，不過這些事情是無可避免的，他也只好忍耐。

「艾因殿下，我也會一起去的……好嗎？」

聽到克莉絲的安慰而感到可靠的艾因，對於今天發生的事情能夠平安落幕，深深地感到放心。

◇◇◇

「——艾因！」

一進入王城。

正當他要呼喚母親時，艾因便被抱在那豐滿的胸前。

「對不起……我回來了。」

艾因看到滿臉淚痕的奧莉薇亞感到痛心，抱住哭泣的她，雙手環住她的後背。

庫洛涅從她身後靠近。

「歡迎回來，惹女孩哭泣的王儲殿下。」

雖然庫洛涅儘量用化妝掩飾自己的臉，不過卻無法隱藏她腫脹的眼角，這讓艾因知道在目送他離開後，她哭泣了一整天。

他笑著對她說聲抱歉。

「……傻瓜。」

她以開朗的表情說出不符作風的詞語回應。

「那個……抱歉讓妳擔心了。」

「真是的……講得這麼輕描淡寫。不過話說回來，成了英雄之後，你稍微變了呢。」

「我變了？」

「是啊，似乎變得更帥了一點。是打倒海龍之後蛻變了？還是說惹了好幾位女性哭泣，所以才蛻變了呢……**你比我想的還要沉穩**，讓我很訝異。」

「……對不起啦，我有在反省。」

雖然獲得稱讚很讓人高興，不過緊接著諷刺也很有她的作風。

「不過，我很開心，因為你像這樣回來了……只有今天，我就原諒你吧。」

「我也是……能再和庫洛涅說上話，我很開心喔。」

「呵呵，那還真是謝謝你。不過艾因可要負責打掃奧莉薇亞殿下的房間喔？」

「咦……打掃？」

「你明天要幫忙瑪莎小姐喔？」

聽到庫洛涅這麼說，放開了艾因的奧莉薇亞一臉羞赧地用雙手摀住臉。

她到底在說什麼呢？話說到底，他的手根本就動不了。艾因一邊這麼想著一邊露出苦笑。

◇◇◇

隔天早上，艾因為了去診療手臂的狀況，一大早就前往王城的救護室。

雖然負責對應的治療師由凱蒂瑪擔任這件事讓他非常不安，不過她意外細心地動著她的肉球，幫艾因的雙臂換上新的繃帶。

那之後過了一段時間，他接受克莉絲的照護，在救護室用餐。

「——不過，妳這麼廢柴卻還真好事喵？」

凱蒂瑪坐在救護室的圓椅上，看起來很開心。

不遠處的克莉絲殷勤地照顧著艾因，並上演著用湯匙餵食他的畫面，讓凱蒂瑪不禁想挖苦這祥和的氣氛。

克莉絲大概也愈來愈習慣，開心地露出溫暖的笑容。

艾因一臉不滿地嘟嘴。

「……就是因為感覺會被人拿來觀賞，我才會在這裡吃早餐的。」

「原來如此喵。畢竟昨晚大家都吃得很香，只有艾因沒有用餐，也就是說，你是在自己房裡讓克莉絲餵你喵？」

「對啦！既然妳知道了，那我想妳不用問也沒關係吧！」

「啊……艾因殿下真是的，請您不要突然動起來啊……！會灑出來的。」

「……嗯，對不起。」

明明完成了前所未有的豐功偉業，那位英雄卻因為護衛他的精靈，使他此刻看起來只像是位難為情的少年。

——其實昨晚，奧莉薇亞說過「艾因就由我來照顧」。

然而克莉絲卻提出異議，她滿臉通紅地堅持：「由我負責！」

奧莉薇亞對克莉絲那副模樣感到震驚，最後艾因的照護人一職就全權交給克莉絲。

（手臂……快點好起來吧……）

「艾因殿下，好吃嗎？」

「嗯，應該……很好吃。我覺得非常好吃。」

承續昨天食之無味的餐點，艾因也說服自己習慣，只要再忍耐幾天而已。

看著難得一見的艾因，凱蒂瑪轉換話題。

「話說回來，艾因，你說你吸了海龍的魔石喵？」

「我確實說了。怎麼了？」

已經放棄抵抗的艾因用無力的語氣回應。

「讓我看看你的狀態喵。你到底變得多強，我在意得不得了喵！」

「啊啊……經妳這麼一說，的確呢。抱歉，克莉絲小姐，可以麻煩妳幫我拿出來嗎？」

展示出來的狀態分析卡，讓三人的表情產生了巨大的變化——

艾因・馮・伊修塔利迦
【身　分】　持名
【體　力】　４０５５
【魔　力】　７３６７
【攻擊力】　４７３
【防禦力】　９５２
【敏捷性】　３９５
【技　能】　黑暗騎士／大魔導／海流／濃霧／毒素分解ＥＸ／吸收／修練的贈禮

克莉絲看到數字而感到震驚，凱蒂瑪則是要笑不笑，表情和聲音彷彿在挑釁般。

「你知道喵？所謂的『持名』是魔物的一種身分喵。你什麼時候不當人了喵？」

「有點奇怪。為什麼會變成這樣？」

他吸收的是詛咒魔石與海龍魔石。海龍方面很難說完全吸乾淨了。

不過，成長幅度超脫常軌。

「畢竟我可是吸了三個國寶級魔石啊，怎麼不再變得更強一點？」

「少說蠢話喵。你吃一公斤的肉難道就會胖一公斤喵？」

聽到她淺顯易懂的比喻，艾因深深地點頭回應。

「海流是從海龍的魔石獲得的技能嗎？不過話說回來海龍配海流也……」

「嗯嗯，然後還有一個是大魔導……是大魔導喵！」

接著凱蒂瑪露出訝異的表情，離開了救護室。

她是怎麼了？正當他感到不可思議，凱蒂瑪便氣喘吁吁地回來了。

「——我拿回來了喵！」

她一邊說著一邊將書本攤開在艾因面前的桌上。她拿來的書有兩本，一本是畫有魔物的圖鑑，另一本則是她花光了零用錢購買的古代精靈文字書。

被她的氣勢嚇到，克莉絲「哇！」地驚叫一聲。

「和那本很貴的書有關嗎？」

「這本是我不小心拿錯才順帶拿過來的喵！」

艾因望著急忙翻閱圖鑑的凱蒂瑪。

「就是這個喵，女巫……和杜拉罕一樣，現在已經不存在，不過在魔法方面是最高階的魔物喵。」

為了讓大家都能看見，凱蒂瑪攤開自己帶來的資料。描繪在上面的是一個骸骨戴著斗篷，並拿著巨大法杖的魔物。

「艾因吸收的詛咒魔石，就是這個女巫的魔石喵！潛藏著甚至能釋放詛咒的魔力，現在這麼一說反而覺得很符合喵！」

「……確實，經妳這麼一說好像是這樣。」

「咦？那個……凱蒂瑪殿下。」

「嗯？什喵？」

克莉絲彷彿突然注意到什麼般開口搭話。

「艾因殿下獲得的技能是大魔導，那就不是女巫喔。」

「喵喵喵？妳在說什喵？」

「那個……不是那個資料，那寫在這本古代精靈文字的書上面。」

凱蒂瑪左右歪了歪頭，拿起那本書詢問：

「怎麼回事喵？意思是妳看得懂這個喵？」

「看得懂啊，因為我的部族也是古老的群族……要我試著讀的話，比如那本書的標題是『關於魔王的真相考察，以及其親信們』……呃，凱蒂瑪殿下？」

凱蒂瑪不發一語地僵在原地，接著突然呈現大字倒在地上，發出了沉悶的撞擊聲。

「喵……怎麼會這樣喵……這麼近的地方竟然就有看得懂的人，早知道一開始就老實點讓妳看就好喵……」

「話說回來，那個書名是怎樣？魔王的真相也太讓人在意了吧。」

的喵。」

「我也很在意喵。不過現在我更在意克莉絲說的話，在意得不得了喵。反正我之後會讓克莉絲翻譯的喵。」

接著，遵從凱蒂瑪的指示，克莉絲將書翻到對應的頁面。

「是這一頁呢。因為女巫的技能是『魔導』，所以有一點不一樣。」

「我不懂意思喵。妳說明詳細點喵。」

（……克莉絲小姐還真是博學多聞。）

和平時的行為舉止不同，沒想到她竟然記得甚至連凱蒂瑪都不知道的事實，令人吃驚。

艾因心裡一邊想著有些失禮的事，並等待她翻譯書的內容。

「這一頁的魔物是死靈巫妖——其名為死靈巫妖‧希爾碧雅。死靈巫妖擁有使用自己核心的力量製作短劍，並將其遞給伴侶的習性——她和杜拉罕一同支撐著魔王，並與丈夫杜拉罕一同為魔王領的發展貢獻……丈夫？」

不只是如此。

一起被畫在書上的插畫，和艾因失去的黑色短劍一模一樣。

「丈夫……咦？意思是說，我吸收的杜拉罕魔石和那顆詛咒魔石是——不、不只是這樣，那把外婆送給我的短劍，該不會是……！」

根據這本書的記載，那兩顆魔石是夫妻。

再加上收在寶物庫裡的短劍也有其緣分。也就是說，艾因是多虧了魔石夫妻的力量以及死靈巫妖製造的短劍，才贏過了海龍。

（對了……！所以那時候，幻想之手才會擅自發動……！）

雖然這個假設實在太超乎現實。

（因為在我之中的杜拉罕力量活著，感應到妻子的氣息，幻想之手才會想要靠近妻子嗎？）

這麼一來，也能理解在吸收詛咒魔石時出現的那股氣息。

不過，緊接在「謝謝你」後面的「歡迎回來」的含意仍然不清楚。

◇◇◇

奧莉薇亞的房間比想像中還要來得亂。

並不是因為她的暴動而造成的。艾因聽她說明，這一切似乎都是源自於樹妖這個種族的特性。

「對不起……因為我太擔心艾因，所以沒能忍住……」

如昨晚庫洛涅所說，為了要打掃奧莉薇亞的房間，艾因來到了她的房前。

要用一句話形容，那就是充滿綠意的房間。

「……到處都是樹枝和爬藤呢。」

看到樹枝與爬藤從門的內側溢出來，艾因的臉頰也不禁抽搐起來。

（瑪莎小姐似乎有說過，母親是強大的樹妖族。）

因為手臂動不了，艾因伸出幻想之手打開門，看見樹枝與爬藤以沙發為中心——大概是奧莉薇亞當時坐的地方——宛如蜘蛛網般布滿整個房間。

「到頭來，我的本質還是樹妖……所以只要靜不下心來，就會變成這樣……」

「原、原來如此。不過您也不需要這麼害羞吧？」

她扭動身體的模樣和美貌相稱，十分妖嬈。

「可──可是！一想到這些全部都是我的身體，我就害羞得不得了……！」

艾因稍微理解了。

正因為是樹妖這個種族，才會感到羞恥。

「我之後也會生得出根嗎？」

「嗯。雖然艾因比較偏向人類，不過等你再大一點，我們就一起練習吧？」

雖然對於是什麼樣的練習產生了興趣，不過他決定留到未來再享受。

那麼，事不宜遲──艾因靠近沙發。

「那麼，我就來打掃這些，母親請到外面──」

正要請她到外面去等候時，奧莉薇亞突然坐到沙發上。

「好了。艾因，過來吧？」

她露出宛如聖母的微笑，拍了拍膝蓋邀請艾因。說不定是在打掃之前，她想稍微聊聊天吧。

（是因為昨晚沒有時間好好聊天嗎？）

艾因一邊想著自己做了壞事讓她擔心，並坐在奧莉薇亞身旁。

「不對，不是這樣。不是隔壁，是這裡喔。」

被有點強硬地抱起來，不過因為看到她似乎有些吃力，艾因便也撐起身體。

最後還是毫無反抗地乖乖被她抱到胸前。

「已經不要緊了，你很努力喔……乖孩子，乖孩子。」

艾因被奧莉薇亞抱在胸前，充滿了甜甜的香氣與柔軟的溫暖。面對她突如其來的行動，艾因的雙眼突然流出淚水。

「奇、奇怪……？」

「不要緊喔，真是乖孩子……你非常努力呢。已經沒事了，沒有什麼需要擔心的事情了。」

他的眼淚停不下來，艾因不斷哭泣著。

一直以來緋緊的線，應該已在克莉絲腿上恢復意識後斷裂了才對。但是被奧莉薇亞抱在懷裡，他的心仍感到疼痛，才讓他自覺到自己的精神原來還處在緊張狀態之中。

「怎麼會……為什麼……會這樣……」

為了拯救克莉絲，分泌過多的腦內啡在面對名為海龍的災難時，幫艾因抹去了那份常人無法想像的恐懼。

這就是代價吧。昨晚回到王城後，庫洛涅說感到驚訝的事情仍記憶猶新。

庫洛涅說他莫名沉穩的評價，正是因為艾因還處於緊張狀態。

「嗯……嗯。艾因做了很多努力喔，不過已經不用擔心，也沒有必要害怕了。因為艾因已經回到我身邊，所以已經沒事了。」

他原本有可能會死，有可能救不了克莉絲，克莉絲甚至可能會死在自己面前。讓他害怕的理由要幾個有幾個。

在腦中硬是被壓下來的心，終於化為情感表露了出來。

「要打掃隨時都可以，現在就稍微休息一下吧。」

「我……我忍不住表現出這種模樣……這件事情請幫我向大家保密……！」

他用僅存的理智抵抗，想盡辦法硬撐給她看。

不過，看到逼迫自己的艾因，奧莉薇亞便更加用力地抱緊艾因。

「不要緊的，因為現在的艾因，是只有我能看到的艾因呀。這種模樣，我才不想告訴其他人呢。」

她還是一如往常地寵溺艾因，是位擅長融化他人內心的女性。

聽著她身體傳來的那規律的心跳，艾因的心靈平靜了下來。

尾聲

「所以你才會來這裡啊。」

「嗯，我被趕出來了。」

「唉……這也是當然的吧？距離海龍騷動可還沒過兩天喔？結果艾因竟然還想去活動筋骨，會被從訓練場趕出來也是當然的。」

「雖然是那樣沒錯啦……但是，該說我有點坐立難安嗎……」

我還以為至少可以跑跑步——不禁脫口說出一點藉口。

不過他其實已經被辛魯瓦德這麼訓話：「你要先閉關才對吧？」並訓斥過他離開王城這件事。

那麼，若待在王城內的話——因此艾因才會來到庫洛涅的房間。

「唉……之所以無法理解你在說些什麼，是因為我的教養還不夠嗎……？」

「不……不是，大概是我的錯啦。」

「——夠了，我已經知道了，你過來這裡吧？」

庫洛涅呼喚坐在對面沙發上的艾因，他便老實地坐到庫洛涅身邊。

雖然沒有說出口，不過因為艾因讓她操了很多心，所以艾因在心裡決定暫時要老實地聽她的話。

「……哼——嗯，你還真老實呢。」

「我一直都很老實喔。」

「是這樣嗎？若真的老實，我想你那天就不會甩了我。」

「……我本來就沒有甩了妳喔？」

「呵呵，也是。畢竟你都在心裡思索補償了，我認為精神可嘉。」

艾因的內心完全被摸透，讓他不禁流出冷汗。

不過，既然事已至此，那也莫可奈何。艾因用表情接受了現實。

「你可是值得欽佩的殿下啊，可以再靠近我一點喔。」

「咦？咦……？」

她的手環住艾因，艾因任憑擺布地倒下身體。

前方是庫洛涅的大腿，他瞬間被輕柔的甜美花香包圍。

「庫洛涅小姐……？那個，這是什麼意思……」

「哎呀，王儲殿下不知道什麼是膝枕嗎？」

「不，我是知道，但因為太突然了，所以該說是嚇到了嗎……」

「……因為我想這麼做，所以你就配合吧。好嗎？」

他不討厭被庫洛涅這樣對待。不如說正好相反。

所以他決定閉上嘴。

接著她的手輕撫艾因的髮絲，艾因的意識集中在她肌膚柔嫩的觸感。

距離如此接近，艾因漸漸聽清她沉穩的呼吸聲。在她的香氣和溫暖包圍下，艾因沉浸在除了他們兩人以外什麼都不存在——這般被隔絕開來的世界觀中。

「還不可以胡來喔？」

「我知道了啦……我有在反省……」

窗外透進來的光十分眩目。大概是察覺到這點，庫洛涅的頭稍微偏了偏，留下一道陰影給艾因遮陽。

吹過房間的風十分舒適，艾因想起了在瑪格納和庫洛涅重逢的那天。

在外頭飛翔的小鳥們的啼鳴聲傳到房裡，彷彿化作音樂一般。

「躺起來如何？不喜歡嗎？」

「……我中意到如果買得到這個枕頭就想買下來。」

「我隨時都能讓你躺喔，根本沒有必要買。」

這是特殊待遇喔？那句話語實在太過甜美，彷彿要讓他雙頰融化一般。

「欸，在和海龍戰鬥的時候，你有什麼心情？」

「……妳很想知道？」

聽到這包含了惡作劇的回應，庫洛涅溫柔地拍了拍艾因的臉頰。

「對不起啦，我那時候只是很拚命而已。應該說我根本沒有考慮其他事情的時間。」

「你不害怕嗎？」

「唔——嗯……」

他絞盡腦汁回想，不過果然沒有恐懼。

「是等到回來之後，我才終於體會到自己很害怕。就連被拉進海裡時也是，雖然在戰鬥中，但那傢伙的魔石很美味。緊要關頭決勝負的時候，雖然呼吸困難，不過很不可思議地並不覺得難受。」

「不過在那種戰鬥中竟然還在想食物，還真是誕生了一位貪吃的英雄啊。」

「有、有什麼關係……畢竟就是那麼美味啊……」

「哼──嗯……原來我替你擔心的時候，你一臉美味地在品嚐海龍啊。」

「……聽妳這麼一說會害我有罪惡感……」

看到艾因僵硬的表情，庫洛涅不禁笑了起來。

撫著艾因秀髮的手滑了過來，憐愛地捧著他的臉頰。

「艾因拯救了許多性命是千真萬確的，我也引以為傲喔。不過啊，我希望你能了解我很擔心你……懂了嗎？」

說完後，她移開了頭。

讓有些刺眼的光照到艾因臉上，是她的一點小報復。

風吹動窗簾，帶著變化的風拂過兩人。庫洛涅的秀髮因風飄動，艾因被這股不同於剛剛的香氣奪去了心神。

外面傳來一點騎士訓練的聲音。

庫洛涅靜靜聆聽著。

「在你完全康復之前，可不能練習喔。」

「畢竟我要在王城閉關兩個月啊，其實這樣可能剛剛好。」

「是啊，因為陛下人很好。」

「別看我這樣，我一直都很感謝他喔。」

艾因由下往上凝視著庫洛涅的臉。

他的視線不禁被形狀優美、飽滿圓潤又充滿魅力的唇吸引，艾因的臉彷彿被吸引般移動。

「好——了，要當個乖孩子。」
「……好好好。」
話說回來。艾因起了個頭坐起身來，伸手拿起盛滿紅茶的杯子。
雖然手臂尚未完全恢復，不過這點小事沒什麼影響。
「真是美味的茶。王城的人們真的總是完美地完成工作呢。」
雖然一如往常，不過在王城喝的茶真是美味。
不過，回應他自然脫口而出的稱讚的人是庫洛涅。
「呵呵……那是我泡的茶喔？」
這麼說起來，庫洛涅之前也幫他泡過茶。
她的技術很明顯地進步了一大截，和瑪莎泡的紅茶沒有什麼差距。
彷彿在捉弄艾因般說完，她踩著輕盈的腳步起身。
「真是好天氣。被艾因耍得團團轉的陛下他們好可憐喔。」
「已、已經夠了吧……！」
「哎呀哎呀，你可真拚命……那我就不再多提了。」
艾因也忍不住想要回擊，並決定要針對他去救克莉絲之前曾脫口說出的話語提問。
「庫洛涅，妳之前說過的話是認真的？」
「……你是指什麼呢？」
「不不不，不用問妳也知道吧？」
他說的是——「縱使我現在說，我的一切任你擺布也一樣？」這句話。

雖說當時是為了阻止他才會脫口而出，不過對於她究竟有多麼認真……艾因不禁在意起來。

然而就算他開口詢問，庫洛涅也只是一個勁地露出得意的笑。

「欸……我告訴你一件好事吧，艾因。」

「好事？是什麼事？」

庫洛涅看著窗外，沒有回頭繼續說著。

艾因望著那背影，過了幾秒後她說道：

「我啊──喜歡艾因喔。」

「妳……妳這麼突然……說出這麼重要的事……」

艾因光是這麼說就費盡了全力。

「來到伊修塔利迦之後，這一點也沒有變。不，是變得更強烈了。」

她完全沒有回頭，繼續陳述著。

看不見她的表情，艾因不知道她說的這些話究竟有多麼認真。

「妳為什麼不看我？還有……妳說起來像是在開玩笑，究竟有多認真？」

「誰知道呢？任憑你想像也沒關係喔。」

聽到她說任憑自己想像，就讓他不禁沉思起來。

對艾因來說，他知道庫洛涅對自己有好感。

不過因為對方沒有斷言，這讓他稍微感到不安。然而……

（好紅……？）

庫洛涅稍微側過了臉。

從她的側臉看得出來。庫洛涅的臉頰悄悄地染上了緋紅。

「不過啊，要是你一直胡來，我也會一直忍不住替你擔心。」

庫洛涅雙頰的潮紅究竟是因為被太陽曬紅，還是因為說出喜歡，源自害羞的緋紅？艾因靜靜地凝望著沒有把話說死的她。

「所以說，如果今後你讓我操很多很多的心……害我想要把你關在我的房間裡——」

這抵抗雖然可愛，她的認真卻若隱若現。

接著稍微暫停話語。庫洛涅翻動著裙子並回過身。

「姊姊我……可就不管了喔？」

庫洛涅微微彎腰，稍微壓低姿勢。

她一邊轉向艾因，一邊將食指抵在唇邊這麼說道。

這足以讓他看出神的憐愛模樣中，存在著不符合年齡的風韻。

她的後背沐浴在從窗戶斜灑而入的光芒中，柔順光澤的銀藍色秀髮被照亮，看起來是如此神聖。

（……真美。）

於是艾因走向她身邊。

自然而然專注在彼此身上的兩人，甚至聽不見周遭的聲音，靜靜地凝望著彼此。

庫洛涅看著這樣的艾因，只是保持沉默並等待。

總是從容不迫的她現在看起來莫名緊張，一定不是艾因的錯覺。

還差三步，還差兩步——就在兩人的距離將要變為零時……

「艾因殿下，我是瑪莎。陛下捎來聯絡——」

彷彿看準了時機般，庫洛涅的房門被敲響。

是會議有了決策嗎？這個瞬間，兩人之間散發的宛如異世界般的氛圍，被突然回來的日常取代。

「……真遺憾，看來時間到了呢。」

雖然庫洛涅吐了吐舌頭，展現出淘氣的模樣，不過她意外地毫不從容。

「庫洛涅……雖然妳在逞強，不過妳的臉非常紅喔？」

「討、討厭！彼此彼此吧？艾因還不是滿臉通紅……！」

難怪他覺得體溫變得這麼熱。

看來他們兩人露出了同樣的臉色。庫洛涅指出這一點，讓艾因笑了。

「路上小心。只要你不胡來，下次再讓你躺膝枕。」

「謝謝。我會期待的。」

雖然已經到了萬分難捨的程度，不過艾因也察覺到今天就到此為止了。

不過，彼此同樣都很享受這樣的互動。她露出的笑容，簡直比她右手佩戴的星辰琉璃結晶更美麗。

在離去之前，艾因厚著臉皮說聲：「要再讓我躺膝枕喔。」

「欸，艾因。」

在離開房間之前，庫洛涅叫住了他。

「嗯？什麼？」

「我啊，真的很慶幸自己來到伊修塔利迦。」

「……我也是。多虧庫洛涅來了，讓我覺得更慶幸了。」

「……討厭！好啦，不可以讓陛下等太久喔？」

「哈哈……我知道。那麼，我會再來的。」

正因為是艾因與庫洛涅，才能有這絕妙的距離感及互動。

艾因離開後，庫洛涅坐在沙發上，雙手壓在胸口自言自語道：

「……呼啊……心跳還好快……艾因真是的……」

從平時的她，絕對無法想像這般慌亂的模樣。

她的心跳在艾因離去後，這般音色仍然持續奏響了一陣子。

◇◇◇

「爺爺，讓您久等了。」

「嗯，你和凱蒂瑪不同，是守時的好孩子啊。」

聽到辛魯瓦德突然抱怨起凱蒂瑪，無法反駁的艾因沉默了。他坐在辛魯瓦德正對面的位子，瞥了一眼房間裡的另外三個人。

「聚集了好幾位重要人物，怎麼了嗎？」

艾因的隔壁坐著克莉絲，辛魯瓦德的背後則站著羅伊德與沃廉兩人。

毫無嚴肅的氣氛，氣氛一如往常安穩，正因為如此他才感到不可思議。

「沃廉，麻煩說明。」

「明白了。艾因殿下，艾因殿下具備王儲這樣的立場。」

「嗯，你說得沒錯。」

「雖然過去已經說明過很多次，不過王儲有時會作為陛下的代理人執行公務。」

「這一點我也知道。也就是說，是有什麼事情決定要讓我負責了嗎？」

「您說得沒錯。」

沃廉如此肯定並靠近艾因的座位，放了幾張文件在他面前。

接著他在克莉絲面前也放了同樣的文件。

「咦？克莉絲小姐也是？」

「是啊，其實我也是方才被叫來——」

似乎是要由克莉絲陪同艾因執行公務。

不過她也沒有聽說內容，現在和艾因同樣是來聆聽說明的。

「首先，請兩位看第一張文件。這裡整理了埃伍勒與我們交易的金錢動向等資訊。」

為何要提埃伍勒？艾因雖感到不可思議，卻仍照他所說地閱讀內容。

「……我大致看了一下，似乎相當順利呢。」

「是，艾因殿下說得沒錯，似乎獲得了相當的成果。」

「成功採集到這麼多魔具不可或缺的海結晶。對我們來說，就現狀來看沒有比埃伍勒這個國家還要更重要的他國了。」

艾因和克莉絲兩人也點頭。

「因此，我們決定要加深與獲得如此成果的埃伍勒之間的關係。」

「意思該不會是……要我去埃伍勒……？」

若目的地是海姆的話，說不定還會有別的心情和想法閃過腦海。

不過埃伍勒的話不會有什麼特別的感覺，不如說能讓他感到期待。

「沒有錯，艾因。接下來就由朕說明吧。這是你第一次當代理人，朕認為大概很困難。不過和大家商量後，朕判斷艾因的話應該不會有問題。若是由朕親自前往，會讓造訪一事規模過大，因此才會決定要讓你作為代理人前往埃伍勒。」

不過，這麼一來艾因有項擔憂。

「我還有學園要去，那邊該怎麼辦呢？最近還有定期考試……」

「這是特例。作為學園的最高理事，朕准許你歸國後再接受考試。明年的分班也會依結果而定，別太在意。他這麼說。

（既然這樣……那可以吧。）

既然學園也沒有問題，那他也想不到什麼會構成問題的問題。

艾因早已做好覺悟，自己終有一天要作為代理人執行公務。不過縱使如此，第一次當代理人竟然就要出訪埃伍勒，完全出乎他的意料。

「以克莉絲為首，近衛騎士團全員和迪爾都會伴隨你去。沃廉培養的手下也會跟去，在安全面上沒有問題。雖然近衛騎士團離開王城稍微有些艱辛，不過也不可能總是有辦法維持萬全的防備。朕也會加強王城的警戒，這兩者都不會有問題吧。」

「嗯……若有這麼多護衛的話，也很讓人放心呢。嗯。」

——近衛騎士團。

這是伊修塔利迦最優秀的騎士集團，不只是技術，連頭腦都很聰慧。

所有人都被訓練成在緊急時刻能作為指揮官行動，若再加上克莉絲，沒有比這更令人放心的了。

「那麼，我什麼時候要去埃伍勒？」

「閉關結束後馬上。可以吧？」

「這麼突然……」

艾因對這突然定下的工作感到疲憊，不過抱怨也沒有用。

「所以……沃廉、克莉絲！艾因就交給你們了。」

「微臣遵旨。」

「是！」

意料之外聽到沃廉的名字，艾因不禁驚訝地瞪大眼睛。

「呃，沃廉先生也要一起去嗎？」

若有沃廉一起前往，那可讓人放心。

在會談那樣的場合，艾因想不到比他還要更可靠的人物了。

「是啊，因為這是場特別的會談——由代理陛下的王儲，以及身為宰相的我前往。我想對方也會確實理解有何含意吧。」

這般成員是為了讓對方見識伊修塔利迦的認真程度。

不過在派遣人物正式定論之前，其實貴族們發表了許多意見。

——沒有必要對偏鄉國家做到這種程度。

——不應該紆尊降貴。

另一方面，也出現了相反的意見。

——這也算是示威行為吧。

——畢竟曾發生過海姆輕視我國的過去。展現出威嚴也好。

最終便決定以被譽為英雄的艾因為首，再加上宰相沃廉，並派遣眾多精銳騎士。

最後，還留下一樣更具威嚴的情報。

「作為朕的代理人，艾因獲准使用白銀王者號。讓他們看看我們伊修塔利迦的驕傲與強大——！」

要搭乘的船是白銀王者號。

這是歷代伊修塔利迦國王傳承下來，伊修塔利迦最大的戰艦。

船上裝備著伊修塔利迦最具威力的兵器，船隻的規模也是最大的。真要說的話，白銀王者號是被譽為海上王城的逸品，也是灌注了統一制國家伊修塔利迦科技製造的傑作。

——前往埃伍勒的代理人任務一定也會很熱鬧。艾因有這樣的預感。

後記

繼第一集——又或者說不定有讀者是直接從第二集開始閱讀本作——這次非常感謝您購買《魔石傳記》第二集。我是作者結城涼。

接著多虧各位讀者支持，第一集也成功再版。

藉此機會在這裡向各位致謝。

第二集也和第一集一樣，與網路版相比增加了許多內容與修正。

學園第一年的騷動，全部都是加筆新寫的插曲。在兩位責任編輯和許多人的協助下，一邊為海龍騷動前的學園生活做整理，也為了能更突顯艾因三位友人的特色而進行修改。

希望閱讀本作的讀者們能享受到樂趣。

繼第一集，第二集也請成瀨老師畫了許多美麗的插圖。

長大了一點的艾因和庫洛涅、新的制服與王立君領學園等等，再加上劇情高潮的海龍魄力滿點，勇猛迎擊的艾因也讓我不禁起雞皮疙瘩……！

最後的奧莉薇亞和克莉絲的插圖，也呈現她們的包容力，讓她們的魅力滿溢而出，非常出色。

關於接下來的第三集，將要帶來可以說是《魔石傳記》正篇的故事。

從作為代理人前往埃伍勒開始，到揭露隱藏在古老精靈文字書中真正的歷史，並緩緩拉開牽連整個世界的巨大故事的序幕。

包含寄宿在魔石中的意志、魔王的真相等等——

被隱藏的歷史、關於大國伊修塔利迦建國時被稱為宿敵的存在……揭開這些謎底的劇情，還請各位拭目以待。

那麼最後，我有一項報告。

在第一集發售之後，我收到了能不能以《魔石傳記》為原作，製作漫畫的詢問。於是《魔石傳記》正式決定要漫畫化了。

將於Dradrasharp#（Comic Walker &Niconico靜畫）連載，並由菅原健二老師作畫。

雖然現在尚未發表何時開始，不過等到各位看到這篇後記時，我想角色設計等資訊應該已經公布在KADOKAWA BOOKS官方推特（現為X）上，希望大家務必瀏覽。

繼第一集再版，能像這樣獲得漫畫化的提議，全都是多虧了購買本作的各位讀者。

我再次致上感謝。真的很謝謝大家。

感謝各位閱讀後記至此。

希望能和大家於第三集相會。

異世界漫步 1~3 待續

Kadokawa Fantastic Novels

作者：あるくひと　插畫：ゆーにっと

在新的城鎮也有許多嶄新的邂逅！
悠閒的異世界旅程第三集！

空一行人為了與在艾雷吉亞王國分離的冒險者盧莉卡和克莉絲會合，決定暫居於以魔法學園和地下城聞名的城鎮瑪喬利卡。為了想學習魔法的同伴們，他們在蕾拉的引薦下特別入學魔法學園！在探索地下城的課堂上，由「漫步」學會的技能也大放異彩……！

各**NT$280/HK$93**

公主騎士的小白臉 1~2 待續

Kadokawa Fantastic Novels

作者：白金透　插畫：マシマサキ

描述一名「小白臉」與其飼主的生存之道，
充滿震撼力的黑暗系異世界故事第二集！

挑戰迷宮的進度停滯，身體症狀也沒好轉，艾爾玟因而感到焦慮。太陽神教暗中拓展勢力，馬修的煩惱沒完沒了。就在這時，近衛騎士文森特在調查妹妹離奇死亡的真相。馬修被當成嫌犯帶走，被迫離開感到不安的艾爾玟身邊……

各 NT$260~280/HK$87~93

國家圖書館出版品預行編目資料

魔石傳記 ： 獲得魔物力量的我是最強的!/結城涼作 ；
都雪譯. -- 初版. -- 臺北市 : 臺灣角川股份有限公司,
2024.03-
冊 ;　公分. -- (Kadokawa fantastic novels)
譯自 : 魔石グルメ 魔物の力を食べたオレは最強！
ISBN 978-626-378-660-8(第2冊 : 平裝)

861.57　　113000378

Kadokawa
Fantastic
Novels

魔石傳記 獲得魔物力量的我是最強的！ 2

（原著名：魔石グルメ 魔物の力を食べたオレは最強！ 2）

2024年3月18日 初版第1刷發行

作者：結城涼
插畫：成瀬ちさと
譯者：都雪

發行人：台灣角川股份有限公司
總監：呂慧君
總編輯：蔡佩芬
主編：林秀儒
編輯：呂昊恩
設計指導：陳晞叡
美術設計：周欣妮
印務：李明修（主任）、張加恩（主任）、張凱棋

發行所：台灣角川股份有限公司
地址：104台北市中山區松江路223號3樓
電話：（02）2515-3000
傳真：（02）2515-0033
網址：www.kadokawa.com.tw
劃撥帳戶：台灣角川股份有限公司
劃撥帳號：19487412
法律顧問：有澤法律事務所
製版：巨茂科技印刷有限公司
ISBN：978-626-378-660-8